Roland Gampp

Früher
war alles besser

Lausbubengeschichten

Impressum

Bibliografische Information der Deutschen Nationalbibliothek: Die Deutsche Nationalbibliothek verzeichnet diese Publikation in der deutschen Nationalbibliografie, detaillierte bibliografische Daten sind im Internet über dnb.dnb.de abrufbar.

TWENTYSIX – Der Self-Publishing-Verlag
Eine Kooperation zwischen der Verlagsgruppe Random House und BoD – Books on Demand

© 2020 Roland Gampp
Herstellung und Verlag:
BoD – Books on Demand
ISBN: 9783740765927
Lektorat: TextCare Claudia Diekmann (www.textcare.de)
Layout: Dipl.-Ing. Jörg Pillukat
1. Auflage 2020

Für meine Eltern

Inhalt

Prolog   *8*

Beste Freundin   *14*
Der Schwarzfußindianer   *24*
Schule   *37*
Süße Verführung   *44*
Widerspenstige Katze   *47*
Aller Anfang ist schwer   *49*
Feuerwasser   *53*
Leisetreter auf Reisen   *57*
Inhaftierung   *64*
Das Unwetter   *68*
Folter   *74*
Das Sägewerk   *77*
Erdbeer-Connection   *85*
Die Fischzuchtanlage   *92*
Coca-Genuss mit Folgen   *107*
Volltreffer   *114*
Nackte Tatsachen   *119*
Mutprobe   *124*

Epilog   *130*

Um die Gegenwart zu verstehen,
lohnt sich ein Blick in die eigene Vergangenheit.

Prolog

Die Lausbubengeschichten spielen sich in der idyllisch gelegenen Kleinstadt Wehr im südwestlichen Schwarzwald ab. Diese schmiegt sich in die sanft auslaufende Ebene der wildromantischen Wehratalschlucht ein. Der Fluss Wehra spaltet die Stadt in zwei Teile.
Auf der einen Seite steigt das mit Fichten und Buchen dicht bewaldete Gelände steil bis auf tausend Meter an, „der Hotzenwald". Einwohner auf dieser Seite werden deshalb auch als „runtergerutschte Hotzenwälder" betitelt.

Der sanft ansteigende Karstgebirgszug Dinkelberg begrenzt auf der gegenüberliegenden Seite die Stadt. Die reichlich vorhandenen Streuobstwiesen auf dem Dinkelberg, mit meist uraltem Baumbestand, bieten ein ideales Rückzugsgebiet für viele verschiedene Tiere und Pflanzen.
Dies paradiesische Umfeld nutzten und genossen wir Kinder täglich in vollen Zügen. Einerseits als

Spielplatz und andererseits schenkte es uns einen friedlichen, idyllischen Lebensraum.

Wir waren noch nicht gefangen im Sumpf der Realität, wir lebten in der Gegenwart. Der Schlüssel hierfür war das Spielen, das sinnfreie Tun.

In meiner Jugend, also vor einer gefühlt halben Ewigkeit, war hier alles besser.

Na ja, fast alles.

Die Kugel Eis kostete damals gerade eben fünf Pfennige. Auf dem gleichen Preisniveau lag das Brötchen wie auch der Eintritt ins Freibad. Das farbige, auf der Zunge prickelnde und schäumende Ahoj Brause-Pulver, mit dem blauen Seemann als Aufdruck auf den Tütchen, lag sogar nur im Einpfennigbereich.

Und das Wetter in den Sommerferien zeigte sich immer, ohne Ausnahme, von seiner besten Seite. Warme, von der Sonne durchflutete Tage waren die Regel. Für uns Kinder offenbarte sich jeder Tag als Schwimmbadtag.

Das Barfußlaufen gehörte bei mir zum Alltag sowie auch die gemeinsame Einnahme des Mittagessens um Punkt zwölf Uhr mit der gesamten Familie.

Wehe, dies ungeschriebene Gesetz wurde gebrochen. Erschien ich auch nur fünf Minuten zu spät, dann noch gepaart mit schlechten Schulnoten, war der Teufel los. Da halfen die besten Ausreden nicht über das Donnerwetter hinweg, das aus dem Mund meines Vaters wie einem feuerspeienden Vulkan donnerte.

Die verbale Äußerung von ihm wurde in einer Lautstärke kundgetan, dass die Nachbarn ihre Fenster augenblicklich schlossen. Es war keine nachbarschaftskompatible Geräuschkulisse. Doch früher störte das wirklich niemanden richtig, die Leute waren einfach gelassener und sahen über vieles hinweg. Es war halt alles besser und lief in seinen geregelten Bahnen.

Und dann erst die Winter, insbesondere die Winterferien. Sie zeigten sich immer von ihrer besten Seite: eisig kalt, riesige Mengen Schnee. Der Schnee war noch echter Schnee. Viel weißer und nicht nur eine nasse, von den Umweltgiften gefärbte, pappige Masse wie heute. Nein, leichter, lockerer Pulverschnee, der bei jedem Schritt laut unter den damals noch gebundenen Lederskischuhen knirschte.

Und ja, über Weihnachten war alles wie ein mit Zuckerguss überzogenes Süßgebäck in ein weißes Gewand gebettet. Heute kennt man diese märchenhaft aussehende Landschaft nur noch durch die alten Filme oder auf Weihnachtskarten abgebildet. Und diese sind auch eine aussterbende Spezies. WhatsApp, die ganze Litanei der sozialen Medien lassen grüßen.

Früher sprachen die Leute noch miteinander, schauten sich dabei in die Augen. Saßen nicht still zusammen und kommunizierten mittels schnellem Daumen und Smartphone. Jeder wusste, wer der andere war, man kannte sich und die aktuellsten Ereignisse in den Familien waren kein Geheimnis.

Auch hätte sich ein Kind nie und nimmer getraut, bei seinen Eltern den Lehrer anzuschuldigen, dass dieser es zu Unrecht mit dem Rohrstock verprügelt hatte. Nein, das wäre nicht gut gekommen. Dies hätte zu Hause nochmals ein Donnerwetter vom Zaun gebrochen. Lehrer, Pfarrer und Polizei galten als Respektspersonen. Wenn sie etwas einleiteten, dann hatte es einen triftigen Grund, seine Richtigkeit, die nie und nimmer infrage gestellt wurde.

Die Kinder durften früher noch ihre Neurosen pflegen und ausleben. Heute werden sie zum Psychiater geschleppt und mit Chemie ruhiggestellt.

Damals, vor langer Zeit, lebten die Menschen viel zufriedener und glücklicher als heute. Es wurde noch nicht über Plastikmüll und Klimakatastrophe diskutiert. Da war alles besser und die Welt noch in Ordnung. Die Menschen wussten einfach, was sich gehörte und was nicht.

Das „Kleider-Wegwerf-Konzept" war noch nicht erfunden. Die Textilindustrie produzierte Qualitätskleidung, die getragen wurde, bis sie aufgebraucht war. Frühjahrs-, Sommer- und Winterkollektion war das Maß der Dinge. Heute durch den fast täglichen Modewechsel werden ungefähr hundert Milliarden Kleidungsstücke pro Jahr produziert. Die Kleidung wird zum Massen- und Wegwerfprodukt, dessen Herstellung Menschen ausbeutet und Umwelt zerstört.

Ja, so sind wir. Ab einem gewissen Alter hängt die Masse von uns irgendwie in den Seilen der guten, alten Zeit fest, wird gefühlsduselig. Und wir erinnern uns lieber an positive Dinge aus der Vergangenheit, als uns mit dem Neuen zu beschäftigen und dieses zu hinterfragen.

Vielleicht liegt es auch daran, dass wir Menschen aus unserem Ursprung heraus sehr negativitätsorientiert programmiert sind.
Es lohnt sich, einen Schritt zurückzutreten, Abstand zu gewinnen, die Perspektive zu wechseln, und plötzlich sieht alles anders aus.
Denn vieles auf unserem blauen Planeten ist besser, als wir denken.

Früher war halt alles anders.

Manchmal, wenn ich aus der Hektik des Alltags zurücktrete, die Augen schließe, tauchen ganz langsam aus dem Nebel der Vergangenheit warmherzige Kindheitserinnerungen auf. Zuerst ganz verwaschen, doch bei tiefem Durchatmen werden diese immer klarer und klarer. So klar, dass sich plötzlich das Gefühlt einstellt, als geschähen sie in diesem Augenblick.

Beste Freundin

Irgendwann vor langen Jahren lebte ein kleines Mädchen mit ihren Eltern nur einen Katzensprung von mir zu Hause entfernt.
Lia; sie war meine beste Freundin. Im zarten Alter von knapp sechs Jahren hat man nur beste Freunde. Wir waren für eine sehr, sehr lange Zeit beste Freunde. Mindestens ein volles, ganzes Jahr, was ja in diesem jungen Alter eine Ewigkeit bedeutet. Zumindest sich so anfühlt.

Äußerlich hätten wir nicht verschiedener sein können. Ich ein blond gelocktes, langhaariges Feder-Leichtgewicht mit sonnengebräunter Haut. Und sie? Na ja, Lias Haut leuchtete weiß wie frischer, unberührter Schnee, sie brachte ein paar Pfund Fleisch mehr auf die Waage, bewegte sich gemächlich wie eine Schnecke und walzte alles nieder, was ihr im Weg stand.

„Roland, du isst wie ein Spatz, hast nichts auf den Rippen", wies mich mein Opa hin-und wieder zurecht. Und mein Vater flippte beim Mittagessen öfters mal aus, wenn ich mit der Gabel jedes auch noch so kleine Zwiebelstück geduldig auf den Tellerrand fischte. Mich ekelte es regelrecht vor diesen gekochten, weichen Zwiebeln.

Nie und nimmer hätte ich auch nur das kleinste Mikroteil runterschlucken können. Einmal, als ich quasi dazu gezwungen wurde, kotzte ich umgehend den ganzen Mageninhalt auf den Teller. Da kann sich wohl jeder vorstellen, dass dieser Tag für mich gelaufen war.

Für mich schmeckte dies Zeug, als wäre ich mit offenem Mund voraus in einen Misthaufen gestürzt.

Doch komischerweise wurde nach diesem Vorfall der Zwang, etwas essen zu müssen, das ich nicht mochte, schwächer. Und ich wollte eine ganze Menge – zum Verdruss meiner Eltern – nicht.

Kartoffelpüree fand ich super lecker. Doch zu meinem Leidwesen kam es immer wieder vor, dass sich ein klitzekleines Zwiebelteilchen aus der Fleischsoße in das Püree geflüchtet hatte.

Apropos Soße: Darauf hatte ich ebenfalls keinen Bock. Fragte meine Eltern immer und immer wieder, warum man mit so einer blöden Soße – in der sich sehr oft diese für mich ekeligen Zwiebeln befanden – den Geschmack des Essens versauen muss.

Hin und wieder versuchte ich mit Spielen die Zeit am Mittagstisch hinter mich zu bringen.

Dabei häufte ich einmal eine riesige Menge Spinat auf meinen Löffel, waren ja auch gekochte Zwiebeln drin. Als alle am Tisch sich auf ihr Essen konzentrierten, ich mich unbeobachtet

fühlte, katapultierte ich die grüne Pracht an die Küchendecke.
Erwartungsvoll und selbstzufrieden hob ich heimlich den Blick zur weißen Decke, an der die grüne Pampe klebte. Doch wider Erwarten hielt sich der Spinat dummerweise nicht lange an der Decke.

Meine Erfahrungen mit Kartoffelpüree ließen sich also nicht eins zu eins auf Spinat übertragen. Der Feldversuch schlug fehl und die grüne Masse landete umgehend auf dem Tisch. Daraufhin überzog sich der Himmel mit dunklen Wolken, der Tag war wieder mal gelaufen.

Aber zurück zu meiner besten Freundin Lia.
Für mich war Lia schon sehr alt. Auf ihrem Zähler standen zwei Lenze, also über zwei mehr als auf meinem. Und Lia genoss es sichtlich, dass sie das Sagen hatte, ich ihren Sohn spielen musste oder irgendein Untertan war und sie ihre volle Macht zu meinen Lasten ausspielen konnte.
In diesem Alter spielten die Kinder – bevorzugt Mädchen – sehr oft Arzt und Patient. Lia schlüpfte dann übergangslos von der Mutterrolle in die des

Arztes. Da wurde jedes Körperdetail sehr intensiv betrachtet und untersucht. Auch wenn ich keinen Bock darauf hatte: Es gab kein Entrinnen, denn Lia war viel stärker oder besser gesagt viel schwerer als ich. Und so musste ich, ob ich wollte oder nicht, viele intime Untersuchungen über mich ergehen lassen. Und Fragen beantworten, auf die ich keine Antworten, noch keine, wusste.

Eines Tages, es war ein bitterkalter, frostiger Tag trotz Sonnenschein. Der Sommer hatte längst seine Vorherrschaft dem Winter überlassen, die Landschaft war mit herrlichem Pulverschnee überzogen. Der Himmel glänzte wie blank geputzt und die Schneekristalle glitzerten im grellen Sonnenlicht wie Abermillionen Diamanten.

„Roland, Roland, komm nun endlich", schrie eine schrille Mädchenstimme ungeduldig und aggressiv vor der Haustür meines Elternhauses. Da stand sie, in voller Pracht, meine beste Freundin Lia. Die dicken Wangen quollen wie Wackelpudding, eingerahmt durch die selbst gestrickte, viel zu enge, blaue Mütze, hervor und leuchteten feuerrot. Sicherlich war nicht nur die eisige Kälte daran schuld: Lia konnte sich tierisch aufregen, wenn nicht alles und augenblicklich nach ihrem Gusto lief. Und eine nicht übersehbare Folge waren dann diese feuerrot leuchtenden Wangen und ein stechender Blick. In solchen Augenblicken widersprach man Lia möglichst nicht, biss in den sauren Apfel, folgte lieber wortlos ihren Anweisungen.

Lia hatte ihren alten, mit grauer Patina überzogenen Holzschlitten mitgebracht, den sie an einer Schnur hinter sich herzog, der in den Schnee rotbraune Rostspuren malte. Die Kufen waren den Sommer über nicht nur faul und träge im Schuppen gestanden. Nein, sie haben hart gearbeitet, Rost angesetzt. Normalerweise hätte ich in diesem Fall Speckschwarten aus dem Keller meiner Eltern organisiert, die Kufen damit eingerieben und glatt poliert. Doch der Gemütszustand von Lia belehrte mich eines Besseren.

„Wo bleibst du denn so lange, haste was mit den Ohren?", meckerte sie mich ungeduldig an.
Ohne darauf zu antworten, folgte ich ihr untertänig und wortlos mit gesenktem Kopf. Unweit vom Elternhaus entfernt mühten wir uns

den steilen Abhang hinauf. Lia voraus und ich schob den Schlitten von hinten, so gut es bei diesem steilen, schneebedeckten, rutschigen Gelände überhaupt möglich war.

„Bist du bescheuert, oder was?", schnauzte sie mich an.

Dummerweise schob ich den Schlitten im gleichen Augenblick ruckweise zu ihr hin, als sie ebenfalls im selben Moment kräftig an der Schnur, die vorne an der Metallquerstange befestigt war, zog. Und schon lag sie zum zigsten Male im Schnee. Nach einer gefühlten Ewigkeit und vereintem Kräfteeinsatz kamen wir oben auf dem Hügel abgekämpft an. Lia weiß wie ein Schneemann und mit hochrotem Kopf. Über ihr bildete sich eine kleine Dampfwolke, ihr ganz persönlicher Heiligenschein. Trotz der bissigen Kälte hatten sich auf Lias krebsrotem Gesicht Schweißperlen gebildet.

„Nein, da fahr ich nicht runter! Schon gar nicht, wenn ich wie immer vorne auf dem Schlitten sitzen muss", rebellierte ich trotzig, die Worte fühlten sich rau auf meiner Zunge an.

Doch wie immer setzte sie ihr Ego durch. Lia war ja die Ältere und die Stärkere, na ja, immerhin die Schwerere. Und wenn sie mal auf dir saß, gab es kein Entrinnen, und dazu kam dann noch erschwerend der Sauerstoffmangel hinzu.

Der Abhang flößte mir echt Angst ein und die Atemzüge wurden flacher. Die durch den Schnee verstärkte Stille vertiefte sich, während ich nach unten starrte. Puh, war das steil, und unten, die alten großen Kirschbäume mit ihren mächtig dicken Stämmen mitten auf der Bahn trugen auch nicht zur Motivation bei.
„Meine Finger sind eiskalt, sie schmerzen richtig toll", schrie ich sie wütend und trotzig an.

Leider hatte ich meine gestrickten Baumwollhandschuhe vergessen mitzunehmen. Es musste ja wie immer alles schnell, schnell gehen, bei ihrem Gemeckere kann sich niemand konzentrieren.
„Du kommst mir wie ein Baby vor! Sei still und setz dich jetzt endlich vorne auf den Schlitten und halt den Mund", schrie sie mich an. Heute glaube

ich, ihr ging ebenso die Muffe, sie überspielte es aber nur mit Aggression.
Und schon setzte sich unser Schlitten in Bewegung. Stockte kurz noch mal, sodass ich etwas zu weit nach vorne rutschte. Und dann ging es aber los. Immer schneller und schneller. Mit rasender Geschwindigkeit schossen wir den megasteilen Abhang hinunter.

Mir blieb in diesem Augenblick fast das Herz vor Aufregung stehen und die Kehle wurde trocken. Die Wahrnehmung reduzierte sich auf das Wesentlichste. Meine Hände suchten krampfhaft sicheren Halt an den äußeren Sitzlatten, während die Augen von dem kalten Fahrtwind tränten.
„Was macht diese blöde Kuh", flashte es mir blitzschnell durch den Kopf. Doch bevor ich den Gedanken zu Ende führen konnte, tauchte der mächtige, graue Stamm wie eine Betonwand vor meinen Augen auf.

„Wumm", krachte es dumpf und kurz.
Mit gespreizten Beinen flog ich im freien Flug auf den Stamm zu. Mit einem dumpfen Knall, der meinen ganzen Körper durchzog, war die volle

Vorwärtsenergie in einer Millisekunde auf null heruntergebremst. Zuerst saß ich wie betäubt, den Baum umarmend auf meinem Allerwertesten im Schnee und wusste einen kurzen Augenblick nicht, was geschehen war. Nur ein Reigen von Sternchen tanzte hell aufleuchtend hinter meinen Augen.

Doch dann, wie aus dem Nichts, kam dieser stechende, mir bis dahin nicht bekannte Schmerz, der sich wie ein Stich mit einer glühenden Nadel in die Genitalien anfühlte.

Die unfreiwillige Untersuchung beim Arzt ergab dann eine Prellung, die sich beim Pinkeln einige Zeit stark bemerkbar machte. Aber in diesem Alter steckt man als harter Cowboy, als den ich mich sah, alles locker und ohne bleibende Schäden weg.

Der Schwarzfußindianer

Es war ein heißer, sengender Augusttag. Die Sonne hatte sich schon bis zur Mitte des Zenits geschoben und ihre intensiven Strahlen hatten alles, was sie berührten, zum Kochen gebracht. Als mich Lia von zu Hause abholte, wehte kein Lüftchen und die Hitze trieb jedem, der sich außerhalb des Hauses aufhielt, den Schweiß aus sämtlichen Poren.

„Roland, Roland, heute werden wir an der Hasel spielen. Kannst mir glauben, es wird echt toll", befahl Lia.
Ihrem Gesichtsausdruck konnte ich entnehmen, dass dies einen Befehl darstellte, dem nicht widersprochen werden durfte. Sie sah mich nicht bittend an. Manchmal sagen Blicke mehr als tausend Worte.

Die Hasel ist ein kleiner, von hohem Gras, dichtem Gestrüpp und uralten Bäumen eingerahmter Fluss, der gemächlich an unserer kleinen Stadt vorbeifließt. Er durfte sich damals noch wild ausbreiten, winden und wenden, tun und lassen, wonach ihm der Sinn stand. An solch einem naturbelassenen Ort schlägt ein jedes Kinderherz höher, ein Paradies zum Spielen und Verweilen.

Da konnte das Wasser umgeleitet oder angestaut werden. Kleine Zweige und Gras mussten als Piratenschiff auf hoher See im wild tosenden Sturm herhalten. Beim Beobachten der Tiere wurde oft der Jagdinstinkt geweckt. Da mussten sich Bachforellen, Vögel, Enten und Co. schnell in Sicherheit bringen, um nicht von einem Stein oder Speer erlegt zu werden. Der Fantasie waren keine Grenzen gesetzt, im Gegenteil, sie wurde durch die fast unberührte, vielfältige Natur befeuert.

Als Junge besitzt man auch noch den Vorteil, ohne große Umstände im hohen Bogen ins Wasser zu pinkeln und so einen herrlich plätschernden Wasserfall imitieren zu können. Mir auszumalen, wohin und mit was alles der Urin sich vereint, beflügelte immer wieder meine Fantasie. In dieser Beziehung hat die Mutter Natur mich reichlich beschenkt. Meine Fantasie kannte keine Grenzen und projizierte flugs ganze Abenteuerfilme auf die innere Leinwand.

Irgendwann hatte ich mal gehört, dass alle Flüsse im Meer münden. Hatte jedoch nicht die geringste Ahnung, wie das Meer aussah und wo es sich befand. Ich war aber felsenfest davon überzeugt: Es musste weit weg, sehr weit weg in einem fremden Land liegen und ein Teil von mir, der Urin, würde dahin reisen. Und so malte ich mir manchmal aus, was unterwegs alles geschieht und zu erleben wäre. Da gäbe es sicherlich irgendwelche Goldschätze aufzuspüren, vielleicht würde ich auf Indianer treffen. Vor denen brauchte ein geschickter, cooler Cowboy wie ich aber keine Angst haben.

So machten wir uns in der glühenden Mittagshitze auf den Weg. Wie immer bei sommerlichen Temperaturen war ich auch diesmal auf meinen natürlichen Sohlen, barfuß, unterwegs.

„Roland, versuch mal, auf dem flüssigen Teer zu laufen, macht echt Spaß", lockte mich Lia.

„Da bleibst du mit den Füßen fast kleben", ergänzte sie mit einem freudigen, lustvollen und selbstzufriedenen Grinsen. Ich sah, wie sich beim

Anheben ihrer Sandalen lange, spaghettiähnliche, schwarze, klebrige Fäden an den Sohlen, elastisch wie Kaugummi, lang zogen.

Früher wurden die durch den Winter rissig gewordenen Asphaltstraßen immer auf einfachste Art und Weise mit Teer aufgefüllt. Dazu verwendeten Straßenarbeiter einen mittelgroßen Metallwagen. Dieser wurde von unten mit einem Gasbrenner befeuert, um die großen, schwarzen Teerbrocken im Kessel darüber zu verflüssigen.

Schon als Kind jubilierten meine Geruchsnerven, wenn meine Nasenlöcher der wunderbare, erdige Duft des erhitzten Bitumens streichelte. Mit dem verflüssigten Bitumen gossen die Arbeiter die Straßenschäden aus. Und diese oft übergroßen, schwarzen Teerflicken wurden im Sommer bei extremen Temperaturen weich wie Pudding, bildeten schwarze Seen. Zu meinem Bedauern rochen sie aber leider nicht mehr so fein wie frisch erhitzt.

Zuerst traute ich mich nicht recht, wusste ja nicht, wie sich das klebrige, schwarze Zeug anfühlt und wie heiß diese sämige Soße ist. Doch ein echter Indianer kennt keinen Schmerz, hatte ich mal gehört. Auf der anderen Seite wollte ich Lia endlich mal zeigen, was für ein toller, mutiger Typ ich bin.

Ganz zögerlich und vorsichtig setzte ich den rechten, nackten Fuß auf diese schwarze, warme Pampe. Wow, das war echt geil! Schön warm, und sie verteilte sich angenehm zwischen den einzelnen Zehen.

Aber nicht ganz so gleichmäßig fein und weich wie noch frischer, dampfender Kuhdung, musste ich feststellen.

Und einen Heidenspaß machte es obendrein auch noch. Da musste ich ordentlich ziehen, um die Füße wieder aus der klebrigen Masse frei zu bekommen.

„Hast recht, Lia, echt ein tolles Gefühl", schrie ich vor Begeisterung und rannte freudig von einem Flicken zum anderen, konnte gar nicht genug davon bekommen.

Wie so oft war bei uns beiden der Weg das Ziel. Wir verloren das Zeitgefühl, waren voll in der Sache drinnen und die Welt um uns herum stand still. Das Hier und Jetzt war unser Leben, das wir im Übermaß auskosteten.

Die Sonne stand schon verdächtig tief am Horizont, als wir am Ziel unserer Begierde ankamen. Dumpfer, erdiger Geruch des Feuchtgebietes empfing uns, füllte unsere Lungen mit wohltuend kalter Luft. Die grelle Sonne suchte sich ihre eigenen Bahnen, durchbrach in ganz unregelmäßigen Abständen das dunkle Blätterdach mit intensiven Lichtstrahlen, die wie Laserstrahlen anmuteten. Sie ließen den glatten Uferschlamm hell silbern glänzen. In diesem entlegenen Gebiet fühlten wir uns sicher und wohl, unbeobachtet und geschützt vor dem Rest der Welt.

Wir betrachteten alles genauestens, suchten mit Argusaugen das Ufer nach Schätzen ab. Der Sumpf saugte an meinen Füßen, leise blubbernde Blasen stiegen auf und beim Rausziehen schmatzte es laut, durchbrach die abgeschiedene Stille in seltsamer Weise.

Hin und wieder gingen wir in die Hocke, fischten besondere Fundstücke aus dem Wasser.

„Hier, den kannst du haben", sagte ich großzügig zu Lia und nahm einen sonnenbeschienenen Stein aus dem Wasser. Das besondere Stück war mit rot-lila Sprenkel überzogen. Sie steckte ihn umgehend ein, als müsste sie einen wertvollen Schatz in Sicherheit bringen.

Anschließend spielten wir ausgelassen Seeräuber. Ich durfte ausnahmsweise die Schiffe kapern, Lia traute sich nicht in die kalten Fluten. Mit geschwellter Brust und lauten Kommandos führte ich Attacken auf die feindlichen Schiffe aus.

Doch seltsamerweise, wenn ich aus dem Wasser stieg, klebte diese schwarze Teersohle immer noch unter meinen Füßen. Sie ließ sich einfach nicht abwaschen. Auch nicht mit Sand, Gras oder Schlamm abreiben. Ich versuchte, den Teer mit den Fingernägeln wegzukratzen. Auch dies führte nicht zum Erfolg, hinterließ jedoch schwarze Trauerränder unter ihnen. Egal, spielen war wichtiger als diese blöden, schwarzen Füße, stellte ich fest.

Plötzlich packte Lia meine Hand, legte ihre Finger über die Lippen und mein Blick folgte dem ihren. Ein lautes Summen und Brummen zog unwillkürlich unsere ganze Aufmerksamkeit magisch auf sich, ließ unser Seeräubertum in den Hintergrund rücken. Wie aus dem Nichts tauchte eine gigantische, graubraune Pferdebremse mit hellen Längslinien gleichmäßig auf dem ganzen Körper verteilt auf. Das tiefe Brummen ihrer schnellen Flügelschläge hielt unsere Blicke gefangen. Wie paralysiert standen wir da mit offenem Mund.

„Roland, Roland, Roland, schnell, versuch, sie zu fangen", quietschte Lia voller Spannung.

Ganz ruhig wie angewachsen stand ich andächtig da, als sie auf mich zuflog.

„Sticht das Monsterding?", nuschelte ich etwas verwirrt und ängstlich. Auf meinem Gesicht spiegelte sich Besorgnis und Überraschung zugleich.

Wespenstiche und auch Bienenstiche habe ich schon einige Male ohne großen Schaden überlebt. Doch dies hier war im Vergleich ein Riesenmonster. Als das Ding dann auf meinen Oberarm zuhielt, wagte ich kaum noch zu atmen. Der Puls stieg an, das Herz ratterte auf Hochtouren und mein Blick heftete sich nur noch auf die Pferdebremse. Kaum gelandet hielt ich sie auch schon gefangen in der Hand.

Unter der herrschenden Anspannung presste ich meine Lippen so kräftig zusammen, dass jegliches Blut aus ihnen wich und sie schneeweiß wurden.

Ich wartete auf einen starken Schmerz …, aber der kam nicht.

Währenddessen tanzte Lia wie Rumpelstilzchen vor Erregung und Freude hin und her. Sie war in Hochstimmung. Ganz langsam und vorsichtig öffnete ich meine Hand einen kleinen Spalt breit, nahm die Bremse mit der anderen Hand zwischen Zeigefinger und Daumen wie in einen Schraubstock. Und schon war sie fest in meiner Gewalt, mir auf Gedeih und Verderb ausgeliefert.

„Hier, steck ihr den Strohhalm in den Hinterleib und lass sie wieder fliegen", befahl mir Lia und beobachtete das Geschehen mit voller Aufmerksamkeit und einem breiten, lustvollen Grinsen. Sie genoss den Moment, kostete ihn sichtlich voll aus.

„Wie soll ich das machen, da gibt's nichts zum Reinstecken", konterte ich irritiert und starrte ratlos auf die ums Überleben kämpfende Bremse.

„Du sollst ihr das Ding in den Arsch schieben!", sagte sie mit hochgezogenen Augenlidern und neunmalklugem, gebieterischem Blick und unterstützte das Ganze mit erhobenem Arm.

„Ähhm, wie? Geht nicht, die hat doch keinen Po!", widersprach ich.

Und so vollbrachte Lia selbst das tierquälerische Werk mit einer Präzession, die ich ihr mit ihren dicken Wurstfingern nie zugetraut hätte.
Meine Augen weiteten sich vor Erstaunen, ich konnte es einfach nicht glauben. Die Bremse startete unter Anstrengung all ihrer Kraft mit der langen und schweren Last im Hinterleib in Auf- und Abwärtswellen und flog davon.
Und ja, Kinder können oft sehr grausam sein.

Inzwischen verschwand die Sonne langsam immer mehr hinter den hohen Erlen im Westen. Es wurde Zeit, den Heimweg anzutreten, denn die Turmuhr der Kirche hatte bereits vor längerer Zeit sechsmal geschlagen.
Unsere Eltern legten sehr viel Wert auf pünktliches Erscheinen. Immer wenn ich zu spät dran war und das geschah sicherlich ein-, zweimal die Woche, dachte ich fieberhaft über eine plausible Ausrede nach. Doch vor lauter Stress verwendete ich meist dieselbe:
„Tut mir leid, ich habe ja keine Uhr und die Kirchenuhr konnte man auch nicht hören. Ist ja auch kein Wunder, die lauten Autos übertönen wirklich alles. Die machen echt einen

Höllenlärm und stinken tun sie außerdem wie die Pest", stellte ich zusätzlich neunmalklug fest.

„Zum hundertsten Mal habe ich dir gesagt, dass um sechs Uhr zu Abend gegessen wird", posaunte mein Vater wütend und ergänzte: „Wer nicht kommt zur rechten Zeit, der …", dann legte er eine Pause ein, schaute mich vorwurfsvoll an und beendete den Satz, „geht heute ohne Essen sofort ins Bett, und das ohne Widerrede."
„Neeeiiin, um Himmels willen, was ist denn daaas?", stieß meine Mutter mit vor Schreck verzogener Miene hervor, legte dabei gleichzeitig beide Hände ratlos auf ihre Stirn.
Sie begutachtete mit weit aufgerissenen Augen meine Füße, konnte vor lauter Entsetzen den Mund nicht mehr schließen.
„Ab in die Badewanne, aber fix", befahl sie in einem militärischen Tonfall, der nichts Gutes verhieß, als sie sich wieder gefangen hatte.
Zuerst wurden verschiedene Seifen ausprobiert, um meine Fußsohlen sauber zu bekommen. Dann experimentierte sie mit Waschpulver. Alles half nichts.

„Hol mir bitte mal die Wurzelbürste", befahl sie völlig aufgelöst und ratlos meiner Schwester.
Wenn ich gewusst hätte, wie schmerzhaft die Prozedur ist, bis der Teer auch nur einigermaßen entfernt war, wäre ich nie und nimmer in diesen blöden Teer getreten.
Aber Spaß hat es trotzdem gemacht.
Das Ganze tat so sehr weh, dass ich ununterbrochen wie am Spieß schrie und mein Vater mich festhalten musste, damit ich nicht flüchten konnte.
Ins Bett musste ich dann zu allem Übel auch noch Socken, und das im Sommer, anziehen, damit der Bezug nicht beschmutzt wurde. Meine Füße brannten wie Feuer die ganze Nacht hindurch.

„Am Marterpfahl hätte ich bestimmt keinen Laut von mir gegeben, auch nicht, wenn die Indianer mich mit Feuer oder dem Messer oder sonst was gequält hätten", sagte ich voller Überzeugung zu mir, um mein Selbstbewusstsein zu nähren.
Danach fühlte ich mich ein wenig besser und kam mir vor wie der Lonely Rider, der nach einem abenteuerreichen Tag einsam und zufrieden mit sich und der Welt in die rot glühende Abendsonne

hineinreitet. Daraufhin schlief ich ein und träumte von Indianern, die mich mit Feuer unter meinen Füßen zum Reden bringen wollten. Doch die Rothäute hatten keine Chance, mir auch nur den kleinsten Laut zu entlocken.

In der darauffolgenden Woche war auch schon ein Kindergartenplatz für mich reserviert. Mein Vater wollte, dass ich mich ab sofort an feste Regeln gewöhnen sollte, und da war der Kindergarten seiner Meinung nach die richtige Wahl. Doch vorweg gab es etliche harte Diskussionen, bei denen ich mich morgens vor dem vermeintlichen Gang zum Kindergarten widerspenstig auf den Boden legte, schrie und kreischte und mich nicht anfassen ließ.
Zum Leidwesen meiner Eltern dauerte das ganze Kindergarten-Projekt einen halben Tag, denn ich büxte bei der erstbesten Gelegenheit aus. Somit war die Kindergartenalternative auch gestorben.

Schule

Zu meinem siebten Lebensjahr war es dann leider so weit.
Die große Freiheit wurde gegen meinen Willen durch eine Institution namens Schule eingetauscht, zumindest eingeschränkt. Eine, wie ich damals behauptete, völlig überflüssige Sache, die niemand braucht. Meine Berufswahl stand zu hundert Prozent schon vor der Einschulung fest:
Wie Tarzan, der Herr des Dschungels, zu leben, war mein Traum.
Und für diese Berufung braucht es halt mal keine Schule.
In meiner Fantasie schwang ich bei strahlendem Sonnenschein von Liane zu Liane, ernährte mich von den leckeren, wild wachsenden Früchten und den erjagten Tieren.
„Oooooohooooohooooohhh", den berühmten Tarzanschrei würde ich bei Gefahr voller Inbrunst ausstoßen, damit mir alle Tiere des Dschungels zu Hilfe eilten.
Anstatt Englisch sollte den Schülern lieber die Tiersprache beigebracht werden.

Meine eindeutige Meinung:
Das Gehirn hat etliche Millionen Zellen und die wollte ich nicht mit Unnötigem vollstopfen.
„Ich Tarzan, du Jane", wären die Worte bei meiner ersten Begegnung mit der bildschönen, blonden Frau namens Jane.
Mit ihr zusammen und natürlich mit Schimpanse Cheeta, meinem besten und treuesten Freund, lebten wir ein erfülltes und abenteuerreiches Leben. Und wir beide würden ein Baumhaus bewohnen, das wie ein Adlerhorst in den höchsten Wipfeln der Urwaldriesen, direkt neben einem idyllischen See, thront.
Wozu sollte man dann seine Zeit mit der blöden Schule und den lästigen Schularbeiten verplempern, fragte ich mich ernsthaft.

„Autsch, kannst du nicht zur Seite gehen?", schnauzte ich vorwurfsvoll einen Mitschüler an, den ich mit meinem Bein am Kopf streifte.
Das hellrote Blut tropfte aus seiner Nase auf die braune Schulbank. Mir war echt mulmig zumute. Und das gleich am zweiten Tag nach meiner Einschulung.

Damals waren die dunkelbraunen Holzschulbänke in Reih und Glied, in unserem Klassenzimmer jeweils sechs Zweierbänke à drei Reihen, hintereinander fest zusammengeschraubt. Dies reizte mich in der Pause so sehr, dass ich mich nicht zurückhalten konnte, daraufstieg und volle Pulle auf ihnen die ganze Reihe ablief. Damit wollte ich den anderen gleich von Anfang an zeigen, was für ein toller Hecht ich bin. Hatte dabei aber leider Rudolf übersehen und ihn mit meinem rechten Fuß am Kopf getroffen.

Gott sei Dank verpetzte er mich bei der Lehrerin nicht. Und aus dieser ominösen Begegnung entwickelte sich eine enge Freundschaft.

Unsere Klassenlehrerin war eine nette, immer gut gelaunte Frau, die sich wie eine Mama sehr aufopfernd um ihre Schüler kümmerte.

Sie strich, da wo notwendig, das Hemd oder die Bluse zurecht. Kämmte auch das nicht ganz akkurat liegende Haar eines Schülers nach ihrem Gusto. Und wir alle liebten ihren Deutschunterricht. In diesem Schulfach las sie uns fast immer eine Geschichte vor. Alle lauschten gespannt, tauchten in die Geschichte ein, jedes

Wort verwandelte sich in ein lebendiges Bild, sog uns auf magische Weise in eine andere Welt. Dabei herrschte im Klassenzimmer völlige Stille.

In der dritten Klasse kam es dann, wie es früher oder später unweigerlich kommen musste:
Ein anderer Deutschlehrer, ein Nordlicht, erschien auf der Bildfläche. Die meisten von uns lasen stotternd wie Analphabeten. Doch dafür konnten wir ganz tolle Laufstöcke auf die Schiefertafel zaubern. Denn das war – außer Geschichten vorlesen – unserer Deutschlehrerin sehr wichtig gewesen.
Bei mir klappte das leider nicht so recht.
„Roland, deine Laufstöcke fallen immer um, streng dich bitte mal ein wenig an! Sie müssen kerzengerade stehen", wies sie mich mit einem zuckersüßen Lächeln sehr häufig zurecht und strich mir dabei liebevoll übers dunkelblonde Haar.
Und so bekam ich zu meinem Bedauern öfter eine Extra-Portion Hausarbeit aufgebrummt: eine ganze Tafel voller gerader Laufstöcke zu zeichnen.

Diese Strafarbeiten nervten mich jedes Mal tierisch. Engten doch diese meine über alles geliebte Freizeit ein.

Je mehr ich mich anstrengte, mir Mühe gab, gerade Laufstöcke auf die dunkle Schiefertafel zu kritzeln, desto verkrampfter wurde meine Hand. Ich drückte mit voller Kraft den Stift gegen die Tafel, dass ein lautes Quietschen entstand.

Wenn möglich, saß ich bei dieser blöden Arbeit auf der Steintreppe zu unserem Hauseingang und schaute immer verstohlen und voller Erwartung zu unserem Nachbarn rüber.

Unser Nachbar, ein älterer Herr, angelte leidenschaftlich gerne am Rhein. Hin und wieder erlöste er mich von dieser so überflüssigen Tätigkeit und nahm mich mit zum Angeln. Denn Tarzan braucht keine geraden Laufstöcke zeichnen können, für ihn ist die Kunst des Fischfangens viel wichtiger, sagte mir mein Verstand unmissverständlich.

Und dann, wie schon erwähnt, bekamen wir einen Lehrer aus dem Norden Deutschlands vorgesetzt. Ab da war es dann ganz vorbei mit der schönen, ruhigen Märchenzeit. Dieser sprach und verstand kein Dialekt. Was für ein Pech, denn wir sprachen kein Hochdeutsch, mit Ausnahme der Flüchtlingskinder. Und somit wurde Hochdeutsch zu unserer ersten Fremdsprache erkoren.

„Herr Lehrer, ich muss dringend auf den Abtritt", meldete sich unruhig ein Mitschüler mit erhobener Hand zu Wort.
„Ich verstehe nicht, was willst du?", fragte der Lehrer mit erstauntem Gesicht ein paarmal nach.
Bis endlich nach längerem Hin und Her eine andere Mitschülerin den Lehrer aufgeklärt hatte, dass dieser dringend zur Toilette musste, war das Malheur geschehen.
Seine eingenässte Hose zeugte davon. Na ja, es hatte für ihn doch noch einen gewissen Vorteil: Er durfte nach Hause; ich hätte gerne mit ihm getauscht.
Unser Musiklehrer, ein guter Geigenspieler, zumindest behauptete er dies von sich, entpuppte sich sehr bald als radikaler Mensch.
Wehe dem, wenn nicht alles nach seiner Pfeife, sorry, nach seiner Geige tanzte, bekam man den harten Geigenbogen auf der Schulter oder dem Rücken zu spüren. Dabei erinnerte ich mich oft an

das Märchen mit dem Goldesel, wo hin und wieder der Knüppel aus dem Sack kam.
Militärischer Drill war angesagt.
Um jedem von uns offen zu zeigen, welcher Qualität seine Stimme entsprach, teilte er uns in vier Reihen ein.
Erste Reihe: sehr gute Sänger,
zweite Reihe: gute Sänger
und so weiter.
Und ja, ich stand zu meinem Leidwesen immer in der vierten Reihe, war also mehr oder weniger ausgeschlossen aus diesem Unterricht.
„Das ist und wird so nichts, nie und nimmer", schrie er im militärischen Tonfall, verzog dabei keine Miene, sah mich mit eisigem Blick an, als ich beim Vorsingen den Ton nicht halten konnte. Und ich schämte mich vor den anderen abgrundtief. Seine pädagogische Ausbildung als Lehrer beschränkte sich auf das Schreien und Schlagen.
„Ab in die vierte Reihe", war sein Schlusskommentar. Die sehr schlechte Schulnote in diesem Fach zog ich so, ohne jede Chance auf Besserung, längere Zeit mit.

Sehr zum Leidwesen meines Vaters war mein Interesse an der Schule auf einem „Du kannst mich mal"-Niveau.
Ich schaute, dass ich mich immer irgendwie ohne großen Aufwand durchmogelte. Für mich war die Freizeit, also alles außerhalb der Schule, viel wichtiger. Na ja, mit der Ausnahme Sport. Das war ein Fach, an dem ich Interesse entwickelte.

Süße Verführung

Mein Opa, ein Nebenerwerbslandwirt, wohnte in einem alten, aus Bruchstein erbauten Bauernhaus. Das weitläufige Anwesen mit Scheune und Heuschober, riesigem Schuppen und rotbraun gestrichenem Bienenhaus wurde von mir als Abenteuerspielplatz genutzt.
Hier gab es viel und immer wieder etwas Neues zu entdecken. Angefangen beim handgeflochtenen, armdicken Hanfseil, jeder Menge altem, geschmiedetem Werkzeug bis hin

zum Ersten-Weltkrieg-Tornister mit rotbraunem Fohlenfell auf der Rückseite verkleidet.

Doch über den Krieg redete mein Opa nicht gerne. Er, der den Ersten Weltkrieg mit all seinem Leid aktiv miterlebt hatte, war aus der negativen Erfahrung heraus zum Pazifist mutiert.

Durch meinen Opa durfte ich sehr viel über die Natur, über den Umgang mit Tieren erfahren. „Roland, wie man in den Wald hineinruft, so schallt es heraus", mahnte er mich, und damit meinte er nicht nur den Umgang mit Menschen, sondern auch mit der Natur.

Aber auch praktische Dinge, wie zerrissene Sonntagshosen flicken oder stopfen, brachte er mir bei. Dies schützte mich sehr oft, zumindest für eine kurze Zeit, vor Maßregelungen meiner Eltern.

Zusammen mit meinem Opa Honig zu ernten, fühlte sich wie Weihnachten und Ostern zugleich an.

Das Abdeckeln der Mittelwände wurde dabei zu meiner Lieblingsbeschäftigung. Mit einem sogenannten Eisenkamm wurde die oberste

Schicht auf der Mittelwand, unter der sich der Honig befindet, abgekratzt. Diese abgekratzte, klebrige Masse lutschte und kaute ich für mein Leben gerne.

Der betörend wunderbare Duft und Geschmack ließ alle meine Riech- und Geschmacksnerven jubilieren, zauberten mir ein Lächeln ins Gesicht, versorgte jede Zelle meines Körpers mit Glückshormonen.

Die Süße, der mild-blumige Geschmack und der feine paradiesische Duft einer Wildblumenwiese des frischen Blütenhonigs, vermischt mit der unnachahmlichen Note des Wachses, sucht seinesgleichen vergeblich. Da konnte der hippe, knallfarbige Bazooka Kaugummi mit seinen verschiedenen Geschmacksrichtungen abstinken.

Na ja, wenn da nicht die lockenden, beigelegten Abziehbilder gewesen wären.

Doch der Höhepunkt wurde erreicht, als der bernsteinfarbene Honig dickflüssig in einem Guss aus dem Auslaufschnabel der handbetriebenen Zentrifuge gemächlich in ein Gefäß lief. Da konnte und wollte ich nie und nimmer widerstehen, mit meinem Zeigefinger den langsamen Fluss dieser Köstlichkeit kurz aufzuhalten, über den Finger laufen zu lassen und mich daran zu laben.

Widerspenstige Katze

Zu meinem fünften oder sechsten Geburtstag bekam ich von meinen Eltern ein echt tolles Geschenk, einen Holzlaster mit Kipper.
Der kobaltblaue, recht große Holzlastwagen mit knallrotem Kipper musste für vieles herhalten.
Ich setzte mich auf die kleine Pritsche und belud ihn mit Sand.
Alles, was nicht niet- und nagelfest war, wurde transportiert.
Und dann plötzlich stand eine grau-weiß getigerte Katze neben mir.
Sie miaute, strich um meine Beine, buhlte um Zuneigung und Aufmerksamkeit. Und ja, die bekam sie von mir. Zuerst versuchte ich sie auf

den Kipper des Lastwagens zu setzen. Aber das blöde Katzenvieh wollte nicht sitzen bleiben, miaute und sprang immer wieder vom Kipper runter.

„Was willst du denn, du blöde Nuss?", fragte ich sie und überlegte kurz.

Meine kindliche Eingebung sagte mir:

Bei diesem sommerlichen Wetter schwitzt eine Katze, sie kann ja ihr dichtes, warmes Fell nicht einfach wie einen Mantel ausziehen. Die Katze will baden.

An diesem herrlichen Tag spielte ich hinter dem alten Bauernhaus meines Opas.

Und so drehte ich den Wasserhahn auf, ließ den Brunnentrog aus Beton, der direkt neben der Hauswand stand, randvoll mit Wasser laufen.

„Ein idealer Swimmingpool für Katzen", sagte ich freudig zu ihr und war stolz auf meine Idee.

Dann nahm ich die Katze voller Erwartung auf den Arm und versuchte sie im Wasser zu baden.

„Du saublödes Katzenvieh", schrie ich voller Wut.

Die undankbare Katze hatte ihre Krallen voll ausgefahren, gefaucht und sich gedreht und gewunden, bis sie frei war. Die blutenden Kratzer in meinem Gesicht und auf den Armen waren hinterher für lange Zeit ein Indiz für einen erbitterten Kampf mit einem wilden Tiger.

Aller Anfang ist schwer

Die Beste-Freundin-Zeit hatte längst ihr Verfallsdatum erreicht, dafür war inzwischen die Bester-Freund-Zeit eingeläutet.
Rudolf, mein bester Freund, und ich füllten fast jede freie Minute mit Spielen oder irgendwelchen Streichen aus. Als Spielzimmer diente ohne Ausnahme immer die Natur, na ja, fast immer.

Irgendwo hatten wir aufgeschnappt, dass es Eingeborene geben soll, die aus Furcht vor wilden Tieren oder feindlichen Stämmen in Baumhütten wohnen. Damit war ein unwiderruflicher Trieb in uns geweckt, auch wir mussten uns vor den angreifenden Feinden schützen.

Und so musste an einem sonnendurchfluteten Sommertag unbedingt eine Baumhütte, und zwar in luftiger Höhe, her.

Auch diesmal wurde Rudolf von mir, wie so oft, zum Gehilfen deklariert.

Irgendwie musste ich die schwerwiegenden Folgen der Unterdrückung durch Lia, meiner vergangenen besten Freundin, aufarbeiten.

„Warum darfst du die Hütte alleine bauen, lässt mich das Material schleppen?", beschwerte er sich den Tränen nahe. „Es ist jedes Mal dasselbe. Das geht mir dermaßen auf den Keks, immer muss ich den Handlanger für dich spielen", fügte er wütend hinzu und fluchte wie ein Rohrspatz. Rudi konnte sich aber, so oft er wollte, bei mir beschweren. Das Gemeckere fiel bei mir nicht auf fruchtbaren Boden.

„Dir ist doch klar, dass immer einer der Loser sein muss. Und von dem abgesehen bin ich halt mal der Ältere und dazu noch der bessere Kletterer von uns beiden. Zudem hast du auch keine Ahnung, wie man so ein Ding in dieser Höhe baut", kanzelte ich ihn selbstbewusst ab. Und ja, ich war immerhin fast zwei volle Tage älter als er.

Somit war das Thema für mich erledigt und mein Ego gefüttert.

„Scheiße, kratzt und brennt das Zeug im Hals. Und es schmeckt außerdem auch zum Kotzen", schrie ich laut hustend und spuckend.
„Versuch's du mal", forderte ich Rudolf auf.
Er saugte kräftig am glimmenden Grashalm, stockte kurz und übergab sich fast, zeigte dieselben Erstickungs- und Würgreaktionen.
Nach Beendigung der Arbeiten wollten wir relaxen, hatten uns ein paar extralange, dürre Grashalme unter unserer Baumhütte gesucht und zurechtgeschnitten.
Wie Tom Sawyer, lässig, locker, wie es so echte Abenteurer tun, wollten wir paffen, eine rauchen.
Den zweiten Versuch starteten wir dann mit Lianen. Aber auch diese behagten uns nicht.
Daraufhin machten wir uns auf den Weg zu meinem Opa. Stibitzten ihm eine wohlriechende, dicke, fette Zigarre aus seiner in der Wohnzimmerkommode aufbewahrten Zigarrenkiste.
Zurück in der Baumhütte hieß es die zweite Hürde überwinden. Wobei sich herausstellte, dass das

Organisieren der Zigarre sich als die einfachere darstellte. Wie so meistens hatten wir auch an diesem Tag keine Streichhölzer zur Verfügung. Und so wurde unsere Ausdauer hart auf die Probe gestellt.

Mit meinem Vergrößerungsglas dauerte es ewig lange, bis die Zigarre richtig anfing zu glimmen. Es war eine fast unüberwindbare Kunst für sich, den Brennpunkt des eingefangenen Sonnenlichts, der durch das konvex-konkave Vergrößerungsglas entstand, an einer Stelle zu halten.

„Es gibt nichts Schöneres auf dieser Welt", lobten wir beide nach mühsamer Arbeit den Moment in luftiger Höhe, genossen selbstverliebt den Augenblick in unserer neu erbauten Baumhütte.

Abwechselnd sogen wir an der Zigarre und dachten, das Husten gehöre zum Rauchen.

Hinterher war uns hundsübel.

Eventuell war dieser Moment mitverantwortlich, dass wir beide nie zur Gilde der Raucher überliefen.

Feuerwasser

Jeweils einmal pro Jahr brannte mein Opa Kirsch-, Kräuter- oder Obstschnaps.
An einem dieser Tage, mein Opa brannte Kirschwasser, baute ich mit meinem Freund Rudolf eine Hütte aus Bohnenstangen. Dabei lehnten wir die langen, dürren Stangen in zwei Reihen übereinander an den alten, inzwischen mit grauer Patina überzogenen Schuppen. Somit konnte uns in unserem Versteck niemand entdecken.
In der ganzen Umgebung roch es verlockend nach dem Kirschbrand.
Und schon war die Idee geboren:
Wachsam schlich ich auf leisen Sohlen vor das Küchenfenster, schaute verstohlen in den Raum, vergewisserte mich vorsichtig, ob die Luft auch rein ist.
Unruhig und jeden Sinn aufs Äußerste geschärft, huschte ich in die düstere Küche. Der graue, ungleichmäßig ausgetretene Dielenboden empfing mich ächzend. Ein mir vertrauter Lagerfeuergeruch, den ich über alles liebte,

gepaart mit dem heimeligen Knistern und Knacken des brennenden Holzes, füllte meine Lungen und Ohren gleichzeitig beim vorsichtigen Eintreten in diese altertümliche Küche.

Mein Blick wanderte entlang an den welligen, verrauchten Gipswänden, die schon lange nicht mehr geweißelt worden waren. In der hinteren linken Ecke befand sich ein alter, eiserner Küchenherd mit Wasserschiff und zwei mit Eisenringen bedeckten Kochtopf-Aussparungen. Der Blick stoppte beim Fichtenküchenschrank. Seine oberen Türen waren mit grünen Scheiben verglast und davor stand ein abgenutzter, einfacher Tisch.

Ich öffnete eine der oberen Türen des stark gedunkelten Nadelholz-Küchenschranks, der sein hohes Alter aus dem Anfang des zwanzigsten Jahrhundert nicht verbergen konnte, und entnahm ein großes Wasserglas.

Behutsam hielt ich es unter den Auslaufschnabel des uralten Zinkkühlers, in dem der Alkoholgeist abgekühlt und verflüssigt wird. Der Kühler, verbunden mit dem Kupferbrennkessel, leitet mittels eines Rohrs den Alkoholgeist zu ihm.

Meine Nervosität steigerte sich von Sekunde zu Sekunde. Der doofe Hochprozentige lief, besser gesagt tropfte nur in kleinen Mengen in das Wasserglas und strapazierte meine Nerven aufs Äußerste. Mein Opa, der im Schuppen Holznachschub für den Ofen unter dem Destillierer besorgte, konnte jeden Augenblick zurückkommen.

Wie auf glühenden Kohlen kniete ich angespannt mit dem Glas in der Hand neben dem Kühler. Es kam mir wie eine Ewigkeit vor, bis das Wasserglas endlich randvoll mit Schnaps gefüllt war.

„Himmel, das Zeug brennt wie Feuer", schrie Rudi mit Tränen in den Augen, spuckte, hustete, röchelte und rang nach Luft wie ein Erstickender. Dass fünfundfünfzigprozentiges Feuerwasser dermaßen im Hals brennen konnte, hatte er nie und nimmer geglaubt, nicht in seinen kühnsten Träumen.

„Stell dich nicht wie ein Baby an", wies ich ihn zurecht, schaute ihm verächlich in die Augen und nahm einen ganz kleinen Schluck von dem hochprozentigen Stoff.

„Echt lecker das Zeug", meinte ich angeberisch, „ist halt nur was für harte Jungs", und freute mich wie ein Semmelbrösel.

„Hier, nimm gleich noch mal einen Schluck, damit du dich daran gewöhnst", posaunte ich und hielt ihm das Glas auffordernd hin.

Schon nach kürzester Zeit zeigte der Hochprozentige seine Wirkung in unserem Blut. Sicherlich pumpte unser Herz ebenso viel Alkohol wie Blut in unserem Kreislauf.

„Lass uns die Hühner füttern", forderte ich Rudi lallend, vom Alkohol benebelt, übermütig auf.

Voller Tatendrang fischte ich ein Stück hartes Brot aus dem Korb, in dem das Hühnerfutter gesammelt wurde. Tauchte es kurz in den Schnaps ein und warf das getränkte Brot den Hühnern in kleinen Stücken hin.

Die machten sich gierig darüber her, pickten es innerhalb kürzester Zeit auf. Es dauerte nicht lange und auch bei den Hühnern zeigte sich die Wirkung des Schnapses. Sie gackerten, schwankten benebelt wie wir beide hin und her. Und wir machten uns lauthals lachend über die armen, betrunkenen Hühner und die ganze Welt lustig. Kicherten über jede unbedeutende Sache.

„Seid ihr von allen guten Geistern verlassen", schrie eine tiefe, entsetzte Stimme hinter uns.

Auch dieser Tag endete nicht so vollkommen, wie wir es uns gerne gewünscht hätten. Man kann sich sicherlich leicht vorstellen, dass dies nicht nur ein Sturm im Wasserglas war, nein, ein ausgewachsener Tsunami folgte.

Doch im Gegensatz zu Max und Moritz wurden wir Gott sei Dank vom Opa nicht zu Hühnerfutter verarbeitet.

Leisetreter auf Reisen

Es war jedes Mal aufs Neue ein Graus für mich, beim Einkauf von neuen Klamotten dabei sein zu müssen. Doch in dieser Angelegenheit gab es kein Entrinnen. Die unumstößliche Meinung meiner Mutter: Die Größen fallen alle verschieden aus, ließen keinen Freiraum für meine Ausreden.

Doch keine Regel ohne Ausnahme:

Beim Kauf von Salamanderschuhen begleitete ich meine Mutter sehr gerne, ohne jegliches Gemeckere, konnte es kaum abwarten, bis wir im Geschäft ankamen. Denn hier erhielt ich vom Schuhgeschäft immer eine Belohnung, auf die ich scharf war. Ein farbenfrohes, reich bebildertes Comic-Heft mit den allerneuesten Abenteuern von Lurchi, dem Feuersalamander. Der Text in den Sprechblasen war einfach zu lesen und die tolle Illustration zog mich jedes Mal umgehend in seinen Bann. Augenblicklich tauchte ich in diese spannende Welt ein, wurde ein Teil des Abenteuers, vergaß alles um mich herum.

Zur damaligen Zeit wollten meine Eltern ganz sichergehen, dass die neuen Schuhe auch nicht zu klein waren. Die Billigschuhära war noch nicht eingeläutet. Es wurde echtes Leder verwendet und ausschließlich made in Germany, und das zu einem hohen Preis verkauft. Da war es eine Selbstverständlichkeit, dass diese Ware auch lange halten musste.
Ein Pedoskop war die vermeintlich beste Lösung hierfür. Das Pedoskop, für die damalige Zeit ein Hightech-Apparat, war ein Holzkasten mit

eingebautem Röntgengerät, bei dem das Kind den Fuß samt Schuh unten in eine Öffnung stellte. Oben auf diesem Pedoskop konnten dann der Verkäufer und die Eltern auf einem schwarz-weißen Display sehen, wie viel Platz zwischen Schuh und Zehen bestand.
Als Kind kam mir der Anblick des Fußes auf dem Display etwas befremdlich vor. Die hellen Fußknochen auf dem Bildschirm des Pedoskops hoben sich vom dunklen Hintergrund stark ab, sahen irgendwie surreal aus. Ich hatte immer das Gefühl, die Dinger gehören nicht zu mir.
Doch das Ergebnis zählte. Ein nicht passgenauer Schuh, er wurde immer ein, zwei Nummern größer gewählt, das Kind wuchs ja schließlich noch, und ein verstrahlter Fuß waren die tollen Ergebnisse.

Ich erinnere mich mit einem Grinsen im Gesicht, dass nach einem Einkauf im Salamander Schuhfachgeschäft ein paar teure Ledersandalen von Salamander meine Füße schmückten. Wenigstens für kurze Zeit schmücken sollten. Da ich am liebsten barfuß unterwegs war, interessierten mich die Sandalen nicht besonders.

Doch das Comic-Heft wollte ich mir nicht entgehen lassen, es war ein Highlight, und die Sandalen tragen ein Muss. Zumindest am Kauftag.

Es war ein einladend schöner Tag, die Sonne brillierte vom Firmament, Rudolf und ich konnten uns nicht sattsehen an der herrlichen Natur. Hinter jedem Baum oder Strauch konnte sich das große Abenteuer verbergen.

Dass es Leid und Tod auf dieser wunderbaren Welt gab, interessierte uns nicht.

Nicht einmal die nagelneuen Salamander-Sandalen an meinen Füßen störten mich.

„Wir waren schon lange nicht mehr im Wehratal", meinte Rudolf urplötzlich.

„Super Idee. Auf was wartest du noch?", antwortete ich voller Elan, stand auf, und wir machten uns unverzüglich auf den Weg, das Abenteuer rief.

So verbrachten wir einen tollen, kurzweiligen Nachmittag. Da wurde ein Stock zur Harpune, mit der wir nach Fischen tauchten, wir bauten Staumauern, leiteten das Wasser um, erstellten aus Treibholz ein kleines Floß, das sofort unterging, wenn sich einer von uns draufsetzte. Steine wurden zu Granaten, wir wechselten von einem Augenblick zum anderen vom Indianer zum Soldaten. Unserer Fantasie waren keine Grenzen gesetzt und die Zeit verging im Flug. Viel zu schnell verschwand die Sonne hinter den hohen Erlen im engen Tal. Wir mussten, ob wir wollten oder nicht, uns auf den Heimweg machen.

„Scheiße, eine Sandale fehlt", bemerkte ich, und ein banges Gefühl machte sich in mir breit und durchströmte gleichzeitig wie ein heißer Blitz den gesamten Körper. Alle nur möglichen Hormone schüttete er gleichzeitig aus.
„Die Dinger sind nagelneu! Ohne sie brauche ich zu Hause nicht auftauchen", schrie ich aufgebracht Rudi an. Er schaute verdutzt und war sich keiner Schuld bewusst.
Jeden Stein drehten wir zehnmal um, überlegten, diskutierten, wie die Sandale doch so ohne unser Bemerken verschwinden konnte. Hatte sich eventuell ohne unser Bemerken eine feindliche Bande heimlich von hinten angeschlichen und den Schuh gemopst? Nein, unmöglich. So suchten wir das ganze Ufer mehrmals ab: ohne Erfolg.

Mit einem mauen Gefühl in der Magengegend trat ich äußerst ungern den Nachhauseweg an, überlegte kurz, ob ich nicht einfach für ein paar Tage verschwinden sollte, verwarf jedoch wegen des Hungers die Idee rasch wieder.

„Wo hast du den zweiten Schuh?", bellte meine Mutter, giftig wie eine Dogge. „Das gibt es doch nicht, die sind nagelneu." Vorwurf über Vorwurf, diesmal war ich echt froh, dass ich bald zu Bett gehen musste, im Gegensatz zu anderen Tagen.

Am nächsten Tag war die ganze Familie stundenlang am Fluss versammelt, auf der Suche nach dem verlorenen Schatz. Die Suchaktion weitete sich immer weiter vom angenommenen Ort des Verlustes flussauf- und -abwärts aus.
Ungefähr zweihundert Meter von unserem Abenteuerspielplatz entfernt stand ein vorzeitliches Sägewerk, das noch mit Wasserkraft betrieben wurde. Davor zweigte ein künstlich angelegter Kanal, mit dem das Wasserrad betrieben wurde, ab. Ein Rechen, der das Treibholz auffing, schirmte den Kanal ab.

Und siehe da, die Sandale, die sich unbemerkt selbstständig gemacht hatte, war im Sieb hängen geblieben, ihre Reise war dadurch jäh beendet worden.

„Uff", dachte ich, „nochmals Glück im Unglück gehabt."

„Ich habe dir schon hunderttausendmal gesagt, dass das Geld nicht einfach so vom Himmel fällt und dass du auf deine Sachen besser achten musst, sonst...", wurde ich gemaßregelt, ließ die Tiraden, die aus dem Munde meines Vaters wie ein niemals nachlassender Wasserfall auf mich niederprasselten, gelassen über mich ergehen. Dabei setzte ich auf eine gespielte ängstliche und betroffene Mimik, die fast immer zum Ziel führte.

Inhaftierung

Früher, als das World Wide Web noch in ferner Zukunft lag, gab es an jeder Schule einen sogenannten Kartenraum. In diesem wurden für die Unterrichtsfächer Biologie und Geografie farbige Karten, Abbildungen des menschlichen Körpers, der Tiere sowie Landkarten aufbewahrt. Manche dieser Karten besaßen ein Ausmaß von zwei mal drei Metern, einige wenige noch ein größeres. Bei uns in der Schule wurden manche dieser Abbildungen im gerollten Zustand, andere wiederum lose ausgebreitet auf mehrstöckigen Holzregalen gelagert.

Im Gegensatz zu heute kam es leider selten vor, dass ein Lehrkörper krankheitsbedingt abwesend war. Wenn ja, musste diese Stunde mit irgendwelchem Blödsinn überbrückt werden. Zumindest war das meine Meinung. Meistens erschien dann der Rektor und deckte uns mit Arbeiten ein.

So kam es, dass an einem solch seltenen Tag das Vorbereiten auf die nächste Deutschstunde zur

Überbrückung vorgegeben wurde. Doch dazu hatten einige Klassenkameraden und ich null Bock. Wir füllten die ausgefallene Stunde lieber mit irgendetwas, was uns Spaß bereitete, wie Verstecken spielen.

Die glorreiche Idee, mich im Kartenraum zu verbergen, war schnell geboren. Unbemerkt schlich ich in den Raum und schaute mich suchend um. Doch in diesem mit Regalen überfüllten kleinen Raum, in dem sich massig Karten stapelten, gab es kaum Möglichkeiten, sich unsichtbar zu machen. Kurz nachgedacht, und schon kletterte ich vorsichtig auf die oberste Ablage, auf der Biologiekarten ausgebreitet lagen. Das nicht so massive Holzregal schwankte dabei verdächtig hin und her. Behutsam legte ich mich auf die oberste Karte und rollte mich seitwärts ein. Irgendwie breitete sich ein seltsames Empfinden in mir aus. Es fühlte sich sehr eigentümlich an, in ein Anatomiebild eines Menschen eingerollt zu sein.

Wow, was für ein tolles Versteck, fand ich, ganz stolz auf mich selbst, als plötzlich ein leises Quietschen in meine Ohren drang und mich aus den Jubiliergedanken riss.

Da hatte doch jemand sachte die Tür geöffnet! Nein, es kann doch nicht sein, dass ich so schnell entdeckt werde, schoss es mir enttäuscht durch den Kopf. Mucksmäuschenstill lag ich abwartend da, atmete kaum, in der Hoffnung, nicht entdeckt zu werden.

Dann ein leichtes Rütteln und Ziehen. Es wurde immer heftiger. Ich presste mein ganzes Gewicht gegen die Karte. Jemand versuchte, sie wegzuziehen. Scheiße, schoss es mir durch den Kopf, das darf doch nicht wahr sein, dass ich so schnell entdeckt werde.

„Was ist hier los? Bist du von allen guten Geistern verlassen?", schrie der Direktor völlig außer sich mit hochrotem Kopf und zorniger, stahlharter Stimme. Seine Züge verhärteten sich zunehmend.

„ÄÄhhhhmm, ääääähhhmmm, ich …", krächzte ich, brachte im ersten Moment vor lauter Überraschung kein Wort heraus, der Schreck stand mir buchstäblich ins Gesicht geschrieben. Dabei kratzte ich mich verlegen mit der rechten Hand am Hinterkopf. Scheiße, auch das noch, rebellierte mein Inneres gleichzeitig. Dabei musste ich meine ganze Kraft zusammennehmen, damit das fäkale Wort nicht über meine Lippen rutschte.

„Nichts äähhhmmm! Bist du von allen guten Geistern verlassen? Roland, du gehst heute in den Karzer. Ich habe so langsam genug von deinen komischen Auswüchsen", lautete bedingungslos der Befehl des obersten Bosses unserer Schule.

Karzer nannte man damals eine Arrestzelle in der Schule, in die Schüler nach schweren Verstößen eine Strafzeit in Dunkelheit absitzen mussten.

Sicherlich saß ich einige Stunden in dem dunklen Raum ohne Licht. Zumindest dachte der Direktor dies. Doch er wusste garantiert nicht, dass der Karzer vom Hausmeister genutzt wurde. Dieser hatte seinen Kühlschank darin untergebracht. So musste ich nur die Tür des Kühlschranks öffnen und siehe da: Es wurde Licht! Aber nicht nur Licht, Verpflegung inklusive. Wie heißt es so schön? Die Wurst hat immer zwei Enden.

Das Unwetter

Conny wohnte alleine mit seiner Mutter zusammen in einer kleinen, günstigen Wohnung. Als alleinerziehende Mutter konnte sie keine großen Sprünge machen. Zur damaligen Zeit war es kein Zuckerschlecken, Alleinerziehende zu sein. Diese Frauen standen immer ein wenig im Abseits, auf sich alleine gestellt, als Freiwild abgestempelt. Da musste der Lebensunterhalt, die Miete, Kleidung und noch tausend andere Dinge bestritten werden.
Aus diesem Grund wohnte Conny mit seiner Mama im Kongo. Hier waren die Mieten bezahlbar. Ich weiß nicht, woher die Bezeichnung Kongo stammt, zumindest hatten die riesigen Wohnanlagen nichts gemein mit den Strohhütten im afrikanischen Kongo.
Die Badische Heimstätte, so nannte sich damals in den Fünfzigerjahren der Bauträger. Durch sie wurden die riesigen Wohnanlagen, in denen Kriegsvertriebene untergebracht wurden, erbaut. Von einigen Einheimischen wurden diese Unterkünfte liebevoll das vordere und hintere

Kongo genannt. Na ja, nicht von allen liebevoll und mit Respekt. Ein mulmiges Gefühl hatte sicherlich der eine oder andere, abends durchs Kongo zu streiften. Dabei gab es absolut keinen Grund dafür.

Die Jungs, die da wohnten, waren meist geschickter, wussten, wie man sich durchbeißt, hatten einfach mehr Lebenserfahrung jeglicher Art. Und ihre Eltern standen wie eine harte Betonwand schützend hinter ihnen. Doch kriminell waren sie genauso wenig oder viel wie die Einheimischen.

Conny lebte in diesem Revier, war jedoch kein Flüchtlingskind. Er war ein waschechter Einheimischer. Seine schmale Statur unterschied sich nur in der Körpergröße von meiner, er war einen halben Kopf kleiner. Mit seiner Himmelfahrtsnase, den weichen Gesichtszügen und den dunklen Knopfaugen hätte er ohne weiteres der Zwillingsbruder von Mogli aus dem Film „Das Dschungelbuch" sein können.

Conny besuchte dieselbe Schule wie ich, war aber in der Parallelklasse untergebracht.

Ein gemeinsamer Traum verband uns beide sehr stark.

Wir wollten wie Tarzan, Herr des Dschungels, im Urwald leben. Alles andere interessierte uns nicht. Bevor ich Conny kennenlernte, dachte ich, dass es in Afrika nur einen Urwald gäbe. Doch Conny belehrte mich eines Besseren.

Verwandte von ihm waren nach Südamerika ausgewandert und so bekam er hin und wieder Post aus Peru. Feinsäuberlich löste er mit heißem Wasserdampf die großen, für uns kostbaren und exotischen Briefmarken von den Briefumschlägen.

Als er mir das erste Mal seine Sammlung dieser weit gereisten Marken voller Stolz präsentierte, war ich hin und weg. Exotische Tiere im Urwald, Inkas mit Lamas, hohe Gebirgszüge mit schneebedecktem Gipfel schmückten diese farbenprächtigen Briefmarken.

Wir konnten dann stundenlang von Abenteuern im Urwald träumen, waren immer die Helden, lebten das Leben des legendären Tarzan im südamerikanischen Urwald. Einmal schenkte mir Conny auch eine dieser farbenprächtigen, heiß begehrten Marken und ich bewahrte sie wie einen Goldschatz in einem geheimen Versteck, das nur ich kannte, auf.

„Ich glaube, es gewittert bald", sagte Conny zu mir und schaute bedenklich Richtung Westen. Riesige schwarze Wolken, die sich immer mehr aufblähten, größer und größer wurden, zogen auf und drückten gegen den Horizont. In weiter Ferne konnten wir das tiefe Grollen des Donners bereits hören.

Der heiße Sommernachmittag hatte uns an den Waldrand gelockt und wir robbten vorsichtig auf allen vieren den Hang durchs hohe Gras hinauf zum Wald. Die feindlichen Indianer durften uns nicht sehen und auch nicht hören, deshalb sprach Conny mit gedämpfter Stimme. Unserer Fantasie waren keine Grenzen gesetzt, hinter jedem Baum, jedem Strauch vermuteten wir Feinde, die uns augenblicklich gefangen nehmen wollten. Wir mussten deshalb überaus vorsichtig agieren und waren bis auf die Zähne bewaffnet.
Ich mit spitzem Haselnuss-Speer und Conny mit Pfeil und Bogen, ein grob geschnitztes

Holzmesser zierte unser beider Gürtel. Verschwitzt und außer Atem kamen wir in unserem aus Stöcken und getrocknetem Gras erstellten Unterschlupf unentdeckt an.

„Ahh, tut das gut", flüsterte Conny, nachdem er einen Schluck Wasser aus der mitgebrachten Wasserflasche getrunken und einen kräftigen Rülpser hinterher von sich gegeben hatte. Irgendwie war Rülpsen in dieser Zeit hip, eine weit verbreitete Männerdomäne.

„Wir müssen schleunigst von hier verschwinden", mahnte ich.
„Wir sind auf dieser Anhöhe nicht sicher, der Blitz schlägt immer zuerst in die höchstgelegenen Erhebungen ein", ergänzte ich neunmalklug.
Beide rannten wir den Abhang hinunter, als schon die ersten großen, schweren Tropfen auf dem erwärmten Erdboden einschlugen und mit dem unverkennbaren Sommergewitterduft die Luft schwängerten.
„Am besten legen wir uns zum Schutz vor Blitzen in die Rinne da, neben dem Feldweg", schrie

Conny, und schon lag er im Straßengraben. Ich hechtete hinter ihm her.

„Oh je, ich habe die Flasche mit Wasser noch in der Hand", bemerkte Conny ängstlich. „Habe mal gelesen, dass der Blitz vom Wasser angezogen wird."

„Da kommst du nicht drum rum, schütte endlich das blöde Wasser aus, bevor der Blitz noch einschlägt", schrie ich ihn voller Angst an. Im selben Augenblick öffnete Petrus seine Schleusen und es goss wie aus Eimern. Grelle, zackige Blitze schossen immer wieder kurz hintereinander zu Boden und der Donner ließ den Erdboden erschüttern. Der Wald antwortete augenblicklich mit einem dumpfen, grollenden Echo.

Flach wie zwei Flundern lagen wir klatschnass im Straßengraben und wagten kaum zu atmen. Zu allem Übel sammelte sich Wasser im Graben, das uns langsam umspülte. Doch wir, die tapferen Helden, verharrten mutig, bis das Gewitter sich verzogen hatte. Danach entkleideten wir uns bis auf die Unterhosen, legten die vor Nässe triefenden Klamotten über einen Busch zum Trocknen.

Die Folter

Die Angst stand mir buchstäblich ins Gesicht geschrieben. Meine Augen richteten sich mit kaltem Entsetzen auf den züngelnden Kopf der grau-braun gezeichneten Ringelnatter.
Der blanke Horror. Vor lauter Angst wagte ich kaum zu atmen. Ein Schaudern durchzog meinen Körper, als ich den kalten, schuppigen Körper der Schlange auf meiner Wange spürte. Ich wollte schreien, doch vor lauter Schreck kam kein Laut über die Lippen, ich war wie gelähmt.

„Na, du Scheißer, jetzt geht dir wohl die Muffe, was? Pinkel vor lauter Angst nur nicht in die Hose. Schau dir diese Schlange genauestens an! Wenn du nochmals in unser Gebiet eindringst, dann wird dich dieses nette Tierchen in den Hals beißen", zischte er wie eine Schlange mit drohender Gebärde und schaute mit kaltem, stechendem Blick direkt in meine Augen. Er hielt den Kopf der Ringelnatter zwischen dem rechten Zeigefinger und dem Daumen und strich mir genussvoll mit der sich windenden Schlange über meinen Hals.

Für mich war das der blanke Horror, als hätte jemand die Büchse der Pandora geöffnet. Ich hatte schon immer tierische Angst vor diesen Reptilien.

Conny und ich waren an diesem Nachmittag zum Spielen an den Fluss Wehra unterwegs.

Leider waren wir auf dem Weg dahin nicht vorsichtig genug gewesen und liefen der Kongobande direkt in die Arme. Das heißt, mich haben sie erwischt, Conny konnte ihnen jedoch entkommen. Er war, kurz bevor wir auf sie trafen, stehen geblieben, entleerte seine Blase.

Durch diese göttliche Fügung hatte er genügend Abstand zu der auf uns zustürmenden Bande und entkam in letzter Sekunde. Ich hatte Conny noch nie so schnell rennen gesehen, er lief, als wäre der leibhafte Teufel hinter ihm her, was ja auch im gewissen Maß stimmte.

Die Kongobande setzte sich aus etwa zehn Mitgliedern von ehemaligen Vertriebenen zusammen. Die meisten von ihnen waren ein paar

Jahre älter, stärker und gewiefter als wir. Jeder hatte Mores vor ihnen.

Durch unser Gequatsche und Träumereien haben wir nicht wie üblich die notwendige Aufmerksamkeit walten lassen und sind ihnen direkt in die Arme gelaufen. Ich glaube, Conny ging dermaßen die Düse, als er die Bande sah, dass er wie Speedy Gonzales, die schnellste Maus Mexikos, davonbrauste, ohne sein bestes Stück einzupacken.

Jürgen, ihr Anführer, hatte mich erwischt, besser gesagt angehechtet, sodass ich mit voller Wucht mit dem Rücken auf den Boden knallte. Dann kniete er auf meine Oberarme und saß auf meiner Brust, ich konnte mich nicht mehr bewegen. Ein anderes Mitglied der Bande reichte ihm dann genussvoll die Ringelnatter, mit der er mich folterte. Als sie mich genug gemartert und ihre Macht ausgelebt hatten und ich ihnen hoch und heilig versprach, nie mehr in ihr Gebiet einzudringen, ließen sie mich wieder laufen.

Umgehend musste dieser Tag mit dieser schmählichen Niederlage aus dem Gedächtnis gestrichen werden. Doch die Schlangenphobie bekam ich nicht so einfach los, sie hatte sehr, sehr viel Nahrung erhalten.

Das Sägewerk

Vor langer, langer Zeit, an die sich sicherlich nicht mehr viele erinnern, lag am Eingang zur idyllischen Wehratalschlucht an der Landstraße nach Todtmoos noch ein uraltes, mit Wasserkraft betriebenes Sägewerk.

Wir saßen freudig erregt auf einem Felsvorsprung auf samtweichem Moos oberhalb der Landstraße am Waldrand. Von hier aus konnte man das ganze Sägewerkareal gut überblicken und wir genossen den Zusatzbonus, vorbeifahrenden Autos aufs Dach zu spucken.

„Ritschratsch …, ritschratsch …, ritschratsch …", tönte es laut und rhythmisch in kurzen Abständen, als das Sägeblatt begann, sich mit seinen groben, scharf geschliffenen Zähnen in den Holzstamm der Fichte zu fressen.

„Wenn Gefahr lauert, dann pfeifst du zweimal kurz", sagte ich zu Paule, schaute ihm dabei mit Nachdruck tief in die Augen. Aus Erfahrung wusste ich, dass er sich allzu schnell ablenken ließ.
Auf allen vieren rutschte ich den steilen, mit losen Steinen übersäten Abhang hinunter. Ein paar größere Brocken machten sich selbstständig und schlugen hart auf Asphalt auf und zersplitterten laut krachend in tausend kleine Teile.
Unten angekommen verharrte ich kurz, drehte den Kopf in alle Richtungen, vergewisserte mich, dass die Luft rein war. Dann erst überquerte ich geduckt die Straße und schlich auf leisen Sohlen vorsichtig zum Wasserstellwerk. Der benötigte Zufluss zum Sägewerk wurde hier reguliert, er konnte auch ganz geschlossen werden. Die Säge, ein Relikt aus vergangenen Zeiten, wurde noch mit einem Wasserrad mittels Transmission angetrieben.

Auch das noch, schoss es mir verärgert durch den Kopf. Die Metallhandkurbel des Stellwerks ließ sich nicht drehen. Nächster Versuch: diesmal mit viel angestauter Wut, Schwung und vollem Körpergewichtseinsatz.

Ein lautes metallisches Quietschen war die Antwort und durchbrach die Stille

Na bitte, wer sagt`s denn. Die mit Rost patinierte Kurbel ließ sich drehen. Bei den ersten drei Umdrehungen musste ich all meine Kraft aufwenden. Doch danach drehte sie sich fast von selbst.

„Platsch", tönte es laut, und das Wasser spritzte zu allen Seiten, als die massive Buchenbohle auf dem Wasser hart aufschlug. Immer wieder schaute ich nervös und unruhig umher, spitzte gleichzeitig meine Ohren. Doch es blieb ruhig. Das Wasser staute sich nun mit einer weißen Schaumkrone vor dem geschlossenen Brett und auf der anderen Seite leerte sich gleichzeitig der Kanal langsam Stück für Stück. Zurück blieben nur der nasse Kanalboden und ein paar kleine Tümpel, die sich in den Vertiefungen bildeten.

In der Sonne glitzernde Regenbogenforellen schwammen mit dem letzten Wasser ebenfalls Richtung Sägewerk um ihr Leben.

„Und, kam er schon heraus?", fragte ich Paul gespannt und außer Atem zurück auf dem Felsvorsprung.
Aus dem lauten, schnellen Ritschratsch wurde ein immer langsameres, sterbendes … Riiiitschraaaaatsch …, bis nichts mehr zu hören war. Es wurde still, so still, dass wir unseren eigenen Atem wahrnehmen konnten.

Und da tauchte er auch schon auf, mit wild fuchtelnden Armen und einem wütenden Geschrei, das einem gewaltigen Donner ähnelte. Er rannte wie von einer Tarantel gestochen den Kanal entlang und erblickte das Malheur. Kurze Ruhe folgte, doch dann fluchte er ununterbrochen wie ein Schnellfeuergewehr, als er die heruntergelassene Sperre entdeckte. Abrupt und unerwartet drehte er sich um, blickte zu uns rauf, erspähte uns. Den nächstbesten Stock klaubte er vom Boden auf und stürmte in Rage in unsere Richtung.

„Wartet, ich werde euch ...", brüllte er zornig aufgebracht und rannte über die Straße. Doch unser Vorsprung war zu groß und der steile Anstieg war für ihn quasi unüberwindbar.
Paule drehte sich noch einmal selbstzufrieden um und zeigt ihm voller Genuss den „Stinkefinger", als wir eiligst unsere Beine in die Hände nahmen und der dichte Wald uns verschluckte.

„Eemil, Eemil, Eeemiiill ...", schrie am Abend eine tiefe, wütende und stahlharte Stimme vor unserem Haus, als gleichzeitig die Klinge an der Haustür nonstop summte.

„Was ist denn jetzt wieder los?", fragte mein Vater genervt mit fragendem Blick, stand wütend vom Tisch auf, an dem die ganze Familie zum gemeinsamen Abendessen zusammensaß. Er hasste es, beim Essen gestört zu werden.
Ich schlich mich vorsichtig hinter meinem Vater her aus der Küche in die obere Etage, von wo aus ich den Eingangsbereich gut überblicken konnte.

„Ach du Scheiße", kam es mir ungewollt leise über die Lippen. Was ich da sah, gefiel mir ganz und gar nicht, nein. Ein Albtraum.

„Dein Sohn hat mir wieder einmal die Stellfalle runtergelassen! Weißt du, was das für mich bedeutet?", schrie er meinen Vater an. „Ich muss den Holzstamm mühsam aus der stehenden Säge zurückfahren und …", er sprach ohne Punkt und Komma, schrie ununterbrochen, was für einen Schaden er erlitten hatte.
„Wenn ich deinen Sohn zu fassen bekomme, dann …", brüllte er aufgebracht und gebrauchte ein Wort, das an dieser Stelle am besten nicht wiederholt wird.

„Woher weißt du, dass es Roland war?", fragte ihn mein Vater ruhig und gelassen. Doch ich wusste, innerlich kochte es in ihm.
„Ich hab sie im Wald verschwinden sehen, sie waren zu zweit", kam es wie aus der Pistole geschossen.
„Roland, Roland, komm mal her", hörte ich meinen Vater rufen. Ich zuckte kurz zusammen, hatte die Hose gestrichen voll, ließ mir jedoch

nichts anmerken und ging, ohne Argwohn zu zeigen, zu ihnen.

„Guten Abend, Herr Schmidt", begrüßte ich freundlich den späten, ungebetenen Gast, blieb aber mit gehörigem Abstand zu ihm hinter meinem Vater stehen.

„Komm her, duuu, ich werde ...", schrie der Sägewerksbesitzer mich an und holte zu einem Schlag aus, stoppte aber dann und schaute mich grimmig an. Seine Züge verhärteten sich und sein stechender, eisiger Blick verhieß nichts Gutes.

„Roland, hast du ihm heute die Stellfalle runtergelassen?", fragte mein Vater mit vorwurfsvollem, ernstem Blick.

„Nein, warum sollte ich auch. Wie kommst du zu der Annahme? Von dem abgesehen waren wir den ganzen Nachmittag auf dem Fußballplatz und haben gespielt. Da muss wohl eine Verwechslung vorliegen. Vor einer Woche wurde ich schon einmal wegen etwas beschuldigt, das ich nicht war. Es gibt da jemanden aus dem Enkendorf, der sieht mir verdammt ähnlich", log ich empört mit unschuldiger Miene, ohne rot zu werden.

Und so konnte ich noch einmal meinen Kopf aus der Schlinge ziehen, die sich langsam zusammenzog, und der Schatten über mir wurde immer dunkler und größer.

Erdbeer-Connection

Der etwas festere Paul, der immer grinsende Jörg, Hebby, Rolf und ich waren für lange Zeit eine eingeschworene und ausgelassene Jungenbande, die immer ein Eisen im Feuer hatte. Abenteuergelüste, gemischt mit Rumalbern war unser Lebensstil, natürlich erst nach getaner Arbeit zu Hause. Na ja, das stimmt nicht ganz, wir drückten uns vor der Arbeit, wo immer nur möglich. Schularbeiten erledigten wir zum größten Teil kurz vor Beginn der jeweiligen Stunde, war ja auch nicht so aufwendig, von anderen Klassenkameraden die Lösungen einfach abzuschreiben.

Nachmittags trafen wir uns für gewöhnlich auf einer Wiese neben der Wehra, dem Fluss, der die Stadt Wehr in zwei ungleiche Hälften teilt. Kopfballmatch und aufs provisorisch erstellte Tor bolzen diente vorwiegend als Ausgangspunkt für weitere Aktivitäten.

Direkt neben unserem Bolzplatz unterhielten Italiener kleine Gemüsegärten mit allerlei

Essbarem, die sehr akkurat mit viel Liebe und Mühe angelegt waren.
Unheimlich große, rot leuchtende Fleischtomaten zogen immer unsere Blicke auf sich. Und in den Matchpausen musste unser Organismus schließlich mit Nahrung versorgt werden. So schoss immer einer von uns, und dies natürlich aus Versehen, den Lederball zwischen die wohlriechenden Tomatenpflanzen. Die schrien förmlich: Holt uns, pflückt uns, esst uns! Diesem Lockruf konnten wir nie widerstehen; mit Ausnahme, wenn ein Eigentümer sich im Garten aufhielt. Aber es blieb ja nicht nur bei den Biotomaten. Nein, da wollten ja auch die leckeren Erbsen, Kohlrabi, Erdbeeren und Co. geerntet werden.

„Jungs, lasst uns auf der anderen Seite der Wehra mal schauen, ob da die Erdbeeren schon reif sind. Das Zeug hier ist ja noch grün", schlug einer von uns an einem warmen, leicht bewölkten Tag vor. Gesagt, getan. Der Lederball wurde hinter dem nahe liegenden Wasserreservoir-Häuschen versteckt.

Vorsichtig pirschten wir zu den größeren Bauerngärten auf der gegenüberliegenden Seite des Flusses.

„Mein Gott, da lacht einem das Herz", flüsterte Paul tief geduckt hinter einem Gartenhäuschen versteckt mit einem lustvollen Grinsen, dabei tropfte ihm der Geifer förmlich aus dem Mund. Paul musste immer was futtern, sonst fühlte er sich einfach nicht wohl in seiner Haut. Ein ganzes Feld voller leckerer, reifer, in der Sonne rot leuchtender Erdbeeren ließ auch uns den Speichel im Mund zusammenlaufen.
„Roland, zieh dein Shirt aus und füll es mit Erdbeeren", schlug Paule nervös vor. „Wir stehen Schmiere. Sobald Gefahr lauert, pfeife ich kurz dreimal hintereinander."
Vorsichtig schaute ich mich nach allen Seiten um. Die Luft war rein und schon stand ich mitten in der leuchtend roten Verführung. Ich konnte einfach nicht widerstehen, meine Gier war übermächtig, ich musste zuerst ein paar dieser Leckereien verdrücken.

„Ihr könnt mir glauben, die Dinger sind ein Gedicht", flüsterte ich lustvoll den anderen halblaut zu und futterte weiter. Eine nach der anderen Erdbeere schob ich in den Mund. Ich konnte einfach nicht genug davon bekommen und kam mit dem Schlucken kaum nach. Schon standen die anderen neben mir und jede Vorsicht war schwuppdiwupp vergessen. Wie einfallende Heuschrecken grasten wir das Erdbeerfeld regelrecht ab.

„Was macht ihr Bengels da, wartet, ich werde ...", ertönte lauthals eine aggressiver Stimme aus hundert Meter Entfernung.
„Nichts wie weg. Nehmt die Beine in die Hand", warnte Rolf, wir rannten um unser Leben.
Der ältere Herr war uns dicht auf den Fersen. Wir stolperten den Abhang hinunter und kämpften uns durch den Fluss. Es war uns so was von egal, dass wir auf der anderen Seite triefend nass ankamen, nur einfach weg, keinesfalls erwischen lassen, war die Devise.

„Puh, ist ja noch mal gut gegangen, hatten ein Schweineglück, dass der Alte nicht schneller ist", meinte Herbert völlig außer Puste mit knallrotem Gesicht, aber zufrieden.

„Schei..., ich habe zu viel gefressen. Ich glaube, ich muss kotzen", und bevor Jörg auch nur den letzten Buchstaben über die Lippen gebracht hatte, übergab er sich mit einem lauten „UUUääöäähhh" und kotzte den unverdauten, roten Brei in vollem Bogen über Rolfs Hosen.

„Du Vollidiot! Jetzt stinke ich wie ein Schwein und zu Hause gibt's wieder mal Ärger. Habe diese frisch gewaschenen Klamotten erst heute angezogen", protestierte er, doch es half nichts mehr. Das Malheur war geschehen.

„Stell dich nicht so an, kannst ja noch mal durch den Fluss schwimmen, dann sind sie wieder frisch gewaschen", pöbelte ich.

„Schnauze", meckerte er zurück und rempelte mich kurz mit der Brust, schaute mir dabei aggressiv und betroffen tief in die Augen.

„Hört jetzt auf zu streiten, ich glaube, wir machen uns lieber vom Acker", schlug Jörg vor. „Meinst du, der Alte hat einen von uns erkannt?", fragte Hebby etwas ängstlich.

„Ich glaube nicht, aber spätestens morgen werden wir es wissen", kam es fast gemeinsam über unsere Lippen.

„Roland, wir treffen uns heute Nachmittag bei mir. Es gibt echten Ärger", sagte Rolf mit angespannter Miene.
„Warum, was ist los?", hakte ich sofort nach.
„Na ja, der Alte hat uns die Bullen auf den Hals gehetzt", klärte er mich auf.
„Scheeeiiiiße, auch das noch, habe zu Hause schon genug Stress", kommentierte ich.

Punkt vierzehn Uhr trafen wir uns bei Rolf. Der Polizist kannte uns alle, was in so einer kleinen Stadt auch üblich war. Jeder kennt fast jeden.

„Und, gebt ihr es zu?", fragte er mit einem strengen Ausdruck im Gesicht, musterte dabei jeden Einzelnen, wobei seine Uniform dies noch unterstützte.
„Was sollen wir zugeben?", kam prompt im Chor wie aus der Pistole geschossen.
„Wir wissen nicht, was Sie von uns wollen, Herr Schmidt?", fragte ich entsetzt und unschuldig.

„Na, ihr seid vorgestern beim Erdbeerklauen erwischt worden. Leugnen nützt nichts!", versuchte er uns einzuschüchtern.

„Herr Schmidt, da muss wohl eine Verwechslung vorliegen. Wir waren vorgestern auf dem Fußballplatz und haben den ganzen Nachmittag über gespielt!", rechtfertigte ich uns.

„Das werden wir ja gleich haben", antwortete er mit einem hämischen Grinsen und holte einen Zollstock aus seiner Uniformtasche. Und so vermaß er alle Schuhe. Uns war zunächst nicht klar, was er damit bezwecken wollte.

„Hab ich mir doch gedacht! Die Schuhgrößen stimmen mit den Abdrücken im Acker überein", stellte er fachmännisch wie ein FBI-Ermittler fest.

„Und da ist auch noch eine Schuhgröße dabei, die aus dem üblichen Rahmen fällt. Roland, deine übergroßen Quadratlatschen sind sehr verräterisch", gab er uns mit Nachdruck zu verstehen.

„Hören Sie mal, es gibt Hunderte von Menschen mit diesen Schuhgrößen!", wehrten wir uns vehement.

„Und wir waren es halt mal nicht", beteuerte ich.

„Das war sehr knapp. Ich glaube nicht, dass wir das nächste Mal unseren Hals so einfach aus der Schlinge ziehen können", bemerkte ich nachdenklich.
Wir hatten uns, bevor der Polizist eintraf, abgesprochen und unsere Taktik ging auf, zumindest an jenem Tag.

Die Fischzuchtanlage

„Paule, du beobachtest das Wohnhaus. Wenn jemand auf der Bildfläche erscheint, dann pfeifst du kurz dreimal hintereinander", forderte ich ihn mit Nachdruck auf.
„Du, Rolf, behältst die Umgebung im Auge", befahl ich.

Nur ein laues Lüftchen wehte. Das Wetter zeigte sich von seiner allerbesten Seite, die Sonne dominierte unseren Ferientag, als wir uns auf den Weg ins Wehratal zur Fischzuchtanlage, die weit außerhalb der Stadt einsam an der Wehra lag, aufgemacht hatten.

Mindestens ein Dutzend Teiche, die durch eine Röhre mit Frischwasser von dem Fluss Wehra gespeist wurden, waren mit jeweils einem Zu- und Abflussrohr miteinander, wie einzelne Perlen an einer Perlenkette hintereinander aufgereiht, verbunden. In den vorderen Teichen, nahe dem Wohnhaus, tummelten sich die noch ganz kleinen, winzigen Fische. Die drei oder vier hinteren Teiche, ungefähr hundert Meter vom Wohnhaus entfernt, beheimateten große, ausgewachsene Forellen.

Zuerst näherten wir uns vorsichtig der Zuchtanlage von der gegenüberliegenden Uferseite des Flusses.

Die Fischzuchtanlage war durch Bäume und Gestrüpp, das üppig an der Uferzone der Wehra wucherte, verdeckt.

Paule, Rolf und ich zogen unsere Schuhe aus und wateten vorsichtig balancierend von einem Fuß auf den anderen durch die Strömung des eiskalten Wassers.

„Scheiße", schrie Paule.

Er rutschte auf einem der aalglatten, mit grünen Algen überzogenen Steine im Wasser aus und lag bäuchlings in der kalten Strömung.

„Du siehst aus wie 'ne fette, gestrandete Forelle", proletete Rolf. „Aber ich glaube nicht, dass dein Fleisch wirklich gut schmeckt", ergänzte er mit frechem Grinsen.

„Nein, ist einfach zu fett", setzte ich zufrieden noch einen obendrauf.

„Ihr Idioten, helft mir lieber aufstehen", jammerte Paule.

Seine nasse Kleidung klebte am Körper. Vergeblich versuchte er sie durch Verdrehen mit der Hand auszuwringen, was nicht wirklich half.

„Kacke, diese Scheiß-Brombeersträucher sollten alle vernichtet werden", fluchte ich kurz und lutschte das Blut mit der Zunge vom zerkratzten Arm, als wir uns geduckt die dicht bewachsene Uferböschung hoch kämpften. Oben angekommen beobachteten wir mit Argusaugen die ganze Umgebung der Zuchtanlage ein paar Minuten lang.

Totenstille!

Nichts bewegte sich, keine Menschenseele war auszumachen.

Lautlos, wie ein Ninja-Krieger mit der Umgebung verschmolzen, robbte ich auf allen vieren zu den hinteren Teichen. Spionierte aus, in welchem der Teiche die größten Saiblinge sich tummelten.
Beim Blick in die Teiche liefen mir fast die Augen über. Riesige, in der Sonne silbern mit rötlichen Streifen auf den Seiten glänzende Regenbogenforellen schwammen in Schwärmen gemächlich im Teich. Und dies immer im selben Rhythmus. Hin und her, wie von Geisterhand dirigiert.

„Ihr glaubt es nicht! Da schwimmen massig dicke, fette Dinger. Die warten nur darauf, von uns rausgeholt zu werden", schwärmte ich voller Elan zurück bei meinen Freunden.

Die Aufgaben waren schnell verteilt.
Wie schon erwähnt, Rolf und Paule schoben Wache und ich hatte, wie so öfters, den Schwarzen Peter erwischt. Was mir aber nichts ausmachte. Nein, es war immer ein geiles, kribbelndes Gefühl, die durch die Aufregung

erzeugten Hormonausschüttungen zu spüren. Sie brachten mich jedes Mal in Hochstimmung.

Geduckt, alle Sinne geschärft schlich ich unmittelbar am Uferbewuchs entlang zum kleinen Holzschuppen.
Direkt neben dem Schuppen thronte ein aus Naturstein aufgemauerter Ofen mit einer riesigen, offen stehenden Metalltür. Die Einfassung und die Tür waren mit einer braunroten Rostschicht überzogen.
Dutzende, fein säuberlich an den Köpfen aufgespießte ausgenommene Forellen hingen an einer Stange in diesem Räucherofen dicht nebeneinander. Der Anblick war irgendwie eigenartig. Alle hingen mit offenem Schlund da und ich wurde das Gefühl nicht los, als würden sie stille Schreie himmelwärts ausstoßen.
Nimm sie einfach mit. Sie sind schon ausgenommen, müheloser kommst du nicht an Fische, lockte mich zuckersüß eine innere Stimme. Doch ich widerstand dem Drang. Das war nicht unser Stil und dann wäre das Abenteuer auch zu schnell zu Ende gewesen.

Mit einem leisen Quietschen öffnete ich ganz langsam und vorsichtig die Tür zum Schuppen. Dabei überprüfte ich immer wieder mit einem kurzen Blick zum Wohnhaus, ob die Luft noch rein war.

Ein seltsam strenger Geruch schlug mir entgegen, nahm mir für einen kurzen Moment den Atem. Ein Eimer mit frischen, bestialisch stinkenden Fischinnereien wie Herz und Magen stand direkt neben einem kleinen Tisch. Das blutige Messer, mit dem die Fische im Räucherofen sehr wahrscheinlich ausgenommen worden waren, lag noch darauf. Die blechverkleidete Tischplatte glänzte feucht, überzogen mit schmierigem Fischschleim.

Abrupt erhöhte sich mein Pulsschlag. Es musste also vor Kurzem noch jemand in der Hütte gewesen sein, schoss es mir schlagartig durch den Kopf.

Eine dunkelgrüne Gummi-Watthose mit Latz und Trägern lag auf einem kleinen Schränkchen, Eimer in verschiedenen Größen waren ineinandergestapelt, schwarze und graue Angelruten standen wild durcheinander in der hinteren Ecke. Der Raum war vollgestopft mit unzähligen verschiedensten Utensilien.

Ich hob neugierig den schwarzen Deckel des blauen Plastikfasses, das ebenfalls neben dem Tisch stand an.

„Scheiße, stinkt das Zeug", kam es unwillkürlich voller Ekel über meine Lippen.

Es war also das Fischfutter in diesem Fass, das so bestialisch stank, mir für einen kurzen Augenblick den Atem nahm, und nicht die Fischabfälle.

Mein Blick wurde wie von Geisterhand auf die Objekte meiner Begierde geführt. Auf die an der Wand angelehnten Kescher.

Ich schnappte mir den größten, mit einem etwa zwei Meter langen Stiel, und rannte mit Vollgas zum zweithintersten Teich.

Jetzt musste alles blitzschnell über die Bühne gehen. Ich war ohne jegliche Deckung und jeden Augenblick konnte jemand erscheinen. Messerscharf präsent, nur auf Tun konzentriert, zog ich mit gestreckten Armen zügig den Kescher durchs Wasser. Mit jeder Forelle, die sich im Netz verfing, wurde der Widerstand stärker, ich musste mehr Kraft aufwenden. Das Ganze musste blitzschnell geschehen, da ansonsten die Fische aus dem Kescher schwimmen konnten, solange er sich im Wasser befand.

Es kostete meine ganze Kraft und Konzentration, das volle, schwere Netz des Keschers mit dem ellenlangen Stiel aus dem Wasser zu hieven. Den Kescher legte ich auf die Wiese neben dem Teich. Die Fische zappelten und sprangen um ihr Leben kämpfend wild umher.

Ich schnappte einen nach dem anderen, ließ sie in die mitgebrachte Plastiktüte gleiten. Die in der Tüte weiterzappelnden Forellen erzeugten ein seltsames, dumpf knallendes Plastiktütengeräusch.

Einige wenige entkamen aus dem Kescher, befreiten sich durch die wild windenden Bewegungen zurück ins rettende Nass. Sie hatten ihr Leben gerettet. Fürs Erste zumindest.

Die schmierige, glitschige Schicht auf ihren Körpern fühlte sich wie Seife an und machte das Halten nicht einfacher. Und so flutschte mir die eine oder andere auch aus der Hand und schlug mit einem lauten „Klatsch" zurück im Teich auf der Wasseroberfläche auf.

Dasselbe Prozedere wiederholte ich noch einmal.

„Heee, was machst du Saukerl da, duuu …", riss mich eine laute, tiefe Männerstimme aus meiner Konzentration.

Wie ein Blitz durchzuckte mich der Schreck, pumpte massig Hormone ins Blut. Auwei, nichts wie weg, durchfuhr es mich.

Mit der Tüte in der Hand rannte ich ungeachtet der vielen Dornen durchs Gebüsch und sprang mit einem Satz direkt in den Fluss. Mindestens zweimal rutschte ich aus, konnte mich aber mit der freien Hand abfangen. Mit der anderen klammerte ich die Tüte so fest, als wäre es ein Goldschatz, ließ sie nicht los.

Rolf und Paule standen bereits völlig außer Atem auf der anderen Uferseite.

„Ihr Vollidiotien, warum habt ihr mich nicht gewarnt?", schrie ich sie aggressiv und voller Wut an.

„Mach mal halblang! Und ob wir gepfiffen haben, doch du warst so in deinem Element, dass du nicht reagiert hast", verteidigten sich beide im Duo.

„Kommt, verschwinden wir, bevor der aufgebrachte Typ hier auftaucht. Dem will ich nicht in die Hände fallen, sieht ziemlich rabiat aus", erwiderte ich und schaute mich mehrere Male beunruhigt um.

Inzwischen war mein Puls fast wieder im Normbereich angekommen.

Wir folgten im Laufschritt dem Waldweg Richtung Norden. Der Planet strahlte unerbittlich mit voller Kraft, das Thermometer knackte an diesem Tag sicherlich eine gefühlte Vierzig-Grad-Grenze. Inzwischen klebte nicht nur Pauls T-Shirt nass am Körper.

Immer wieder blickten wir angespannt zurück, um auch ganz sicher zu gehen, dass der Alte uns nicht an den Fersen heftete. Nach nicht ganz einem halben Kilometer überquerten wir abermals den Fluss. Am feuchten Ufer sanken wir bei jedem Schritt mit einem lauten Schmatzen ein. Auf der gegenüberliegenden Seite mühten wir uns die dicht mit Pestwurz und Farn überwucherte, steile Uferböschung der Wehra hinauf und rannten über die Landstraße in den Mühlengrabenweg.

Auf der rechten Seite des Waldweges fließt ein kleiner Bach, der Mühlengraben. Um diese Jahreszeit führt er nicht besonders viel Wasser.

Da wir uns hier im dichten, mit Kiefernduft parfümierten Wald in Sicherheit wiegten, schalteten wir einen Gang runter. Die Spannung fiel wie eine schwere Last von unseren Schultern. Wir machten uns über den laut schreienden, mit den Armen drohenden Besitzer der Zuchtanlage lustig.
Paule war der geborene Schauspieler. Immer wieder blieben wir mit tränenüberströmten Gesichtern stehen, bogen uns vor Lachen, konnten einfach nicht mehr weitergehen.
Er äffte den armen Mann so lebensnah nach, dass es uns mitriss und die Anspannung in eine ausgelassene Stimmung umschlug. Jeder setzte noch einen Spruch drauf und tanzte umher wie Quasimodo, der Glöckner von Notre-Dame.

Wir wechselten auf die gegenüberliegende Seite des Baches, versuchten den steilen Hang raufzukraxeln. Doch der mit uralten, mächtigen Weißtannen und Rotbuchen bewachsene Abhang stieg so steil an, dass wir auf Händen und Füßen hochrobbten. Der Untergrund, der von nackter, roter Erde hin zum Moosteppich über altes, trockenes Laub wechselte, erschwerte die Kletterpartie enorm.

Das Ganze wurde eine regelrechte Rutschpartie.

Paule, der einige Pfunde mehr auf die Waage brachte, seinen Babyspeck noch nicht abgelegt hatte, kämpfte sich verbissen vorwärts. Immer wieder mussten wir ihn hochziehen oder schieben. Dabei hielten wir uns an den noch kleinen Tannen oder Rotbuchen zur Verankerung fest, damit wir Halt bekamen.

Nach anstrengendem Kampf kamen wir völlig außer Atem schlussendlich auf einem kleinen, moosbewachsenen Plateau an, ließen uns auf den Hintern plumpsen, streckten alle viere von uns.

„Ist das Leben nicht schön. Wir leben wie die Trapper in der Wildnis, einfach geil", philosophierte Rolf in einem selbstzufriedenen Ton.

In unserem Alter hätten wir jeden Tag die Welt aus den Angeln heben können.

Wir waren weit weg von dem täglichen Einerlei. Wir fassten jede noch so kleine Gelegenheit, die sich uns bot, ein Abenteuer zu erleben, beim Schopf, und dies ohne jegliche Überlegung.

Wir dachten nicht an Gefahren, Krankheiten oder andere Hindernisse.
Es gab so gut wie keinen Tag, an dem Langeweile aufkam.

„Ihr beide besorgt Brennholz, während ich die Forellen ausnehme", unterbrach ich unsere Siesta. „Aber trockenes Holz, wir wollen hier im Wald keine Rauchsignale geben", befahl ich eindringlich.
Mit dem scharfen Dolch schlitzte ich die Forellenkörper von unterhalb der hinteren Schwanzflosse bis zum Kopf auf, entnahm die Innereien und reinigte mit der Messerspitze den dunklen Blutkanal an der Innenseite des Rückgrats.
Um meine Neugierde zu befriedigen, öffnete ich bei einigen den Magen. Ich wollte wissen, was die Fische gefressen hatten. Auch das kleine, dunkelrote Herz hielt ich von einigen Fischen mit Ehrfurcht zwischen dem Daumen und Zeigefinger eingeklemmt und betrachtete es gefesselt von allen Seiten.

Danach sammelte ich in der näheren Umgebung einige größere Steine, bildete damit einen Kreis. Somit wollte ich sicherstellen, dass sich das Feuer im sehr trockenen Wald nicht ausbreiten konnte.
Die beiden schleppten massig trockenes Holz heran, warfen es auf einen Haufen neben der Lagerfeuerstelle.
„Ich besorge noch ein paar Stöcke, damit wir die Forellen aufspießen können", sagte Rolf und verschwand mit seinem Messer im Dickicht.
Paul zerkleinerte die langen, dürren Holzstücke, indem er draufsprang. Jedes Mal knackte es so laut in der Totenstille des Waldes, dass ich unwillkürlich zusammenfuhr, an einen Schuss dachte.

„Roland, was macht ihr denn hier?", fragte mich eine herausfordernde männliche Stimme, die unerwartet aus dem Nichts hallte. Augenblicklich stockte mein Atem und mein Herz pochte wie wild.
Erschrocken drehte ich mich blitzschnell um.
Und wer stand da?
Der Förster. Sche…, auch das noch, dachte ich.

„Wir wollten ein ganz kleines Lagerfeuer machen, äähhm, wir haben Ferien und wollten ein paar Würste am Feuer grillen", antwortete, besser gesagt log ich, ohne zu überlegen.

„Und das mitten im Wald, im Sommer, wenn alles knochentrocken ist und wie Zunder brennt", antwortete er mit einem höhnischen Lachen.

„Hört mal her, Jungs. Dieses Mal lasse ich es noch durchgehen, aber nur dies eine Mal. Und jetzt verschwindet, bevor ich es mir doch noch anders überlege", befahl er.

Irgendwie konnte ich aber spüren, dass er nicht sauer war und sicherlich den Forellenduft wahrgenommen und unsere Lüge durchschaut hatte.

Wir packten unsere Siebensachen und verdrückten uns umgehend.

Coca-Genuss mit Folgen

„Gut so, … ja …, ja … noch ein klein wenig weiter nach links. Nein! Verdammt, nicht so weit …, jetzt zehn Zentimeter tiefer …", dirigierte mich Paule aufmerksam.

Ich stand auf der etwa sechs Meter hohen Außenmauer der Burgruine Werrach. Sie wird von den Einheimischen liebevoll das „Schlössle" genannt und thront etwa fünfzig Meter über der Talsohle von Wehr auf einem Hügel, nahe dem Wohngebiet Maierhof.

Die Ruine war vor langer Zeit renoviert, die Grundmauern mit dem originalen Baumaterial teilweise neu aufgemauert worden. Um das Ganze etwas lebendig zu gestalten, waren die über zwei Meter dicken Außenmauern verschieden hoch rekonstruiert worden.

In der südwestlichen Ecke begrenzt eine Art Pavillon, welcher auf den Resten des einzig erhaltenen Rundturms erstellt wurde, die Ruine. Von hier aus bietet sich dem Besucher ein wundervoller Blick über die verträumte Stadt Wehr.

In früheren Jahren fand hier, jeweils in einem Turnus von drei oder vier Jahren Abstand, auf dem riesigen Innenhof der Ruine ein Fest des Männerchors statt.
Von Freitag- bis Montagabend wurde gefeiert, was das Zeug hielt. Ungefähr ein Drittel der Fläche wurde hierfür auf der nördlichen Seite mit roten Holzbierbänken und Tischen zugepflastert. Südlich davor eine Tanzfläche aufgebaut.
Dieser Anlass wurde rege besucht, das Tanzbein geschwungen und Unmengen Flüssiges konsumiert. Somit ergab sich die unabdingbare Notwendigkeit, reichlich Bier in allen Varianten, Rotwein und Weißwein, Sinalco, Bluna, Coca-Cola und Mineralwasser bereitzuhalten.
Eine ganze Woche nahm der zeitintensive Aufbau, bei dem jedes Vereinsmitglied Hand anlegen musste, in Anspruch.
Aus Sicherheitsgründen wurden die Getränke erst am Donnerstagabend, also einen Abend vor Beginn des legendären Festes, angeliefert. Getränkekisten, Bierfässer, die ganze Flüssigversorgung wurde aus Sicherheitsgründen

gegenüber dem Eingangsbereich in der Ecke verstaut.

Damit sich niemand aus Versehen an den Getränken kostenlos bediente, sperrte man den Bereich mit sehr hohen zusammengestellten Metallgitterelementen ab. Diese Elemente wurden durch eine lange angerostete Kette und ein Schloss verbunden und gesichert.

Der Absperrzaun war stets mit einer blauen Plane abgedeckt, somit vor gierigen Blicken abgeschirmt. Die rückwärtige Seite des Lagers bildete die unüberwindbare sechs Meter hohe Mauer der Ruine.

„Jungs, habt ihr auch Lust auf 'ne Frei-Cola?", fragte Paul mit seinem zuckersüßen, spitzbübischen Lächeln. Wenn es sein musste, konnte er ein ultrasüßes Lächeln aus dem Hut zaubern, so süß, dass Kariesgefahr bestand.

„Ab morgen startet wieder das traditionelle, feuchtfröhliche Männerchorfest. Und nun ratet mal: Wann werden die Getränke angeliefert?", lockte er fragend.

„Richtig, die wurden heute bereits geliefert. Also haben wir heute am späteren Abend die einmalige

Chance auf Freigetränke", setzte er nach einer Kunstpause nach, um dem Ganzen Spannung zu geben.
Paule erfuhr aus erster Hand, was bei dem trinkfreudigen Chor so lief, sein Papa war aktives, trinkfestes Chormitglied.

Und so kam es, dass ich spätabends mit einem langen Seil in der Hand, an dessen Ende wir eine Schlinge gelegt hatten, auf der Sechs-Meter-Mauer stand. Wie Max und Moritz versuchten wir aus den Colakisten einzelne Flaschen zu angeln. Doch Max und Moritz angelten Hähnchen. Die gab es hier leider nicht, sonst hätten wir auch diese gerne vertilgt.
Zwei von uns standen Schmiere. Und Paule dirigierte mich wie einen Kranführer von der Seite aus. Von da hatte er eindeutig die bessere Perspektive und was noch wichtiger war: Er musste sich nicht anstrengen.

„Ich glaube, das reicht jetzt. Wir haben sechzehn Flaschen, das macht pro Kopf vier", flüsterte ich Paule genervt zu.

„Meinst du, dass es für euch Säufer wirklich ausreicht?", lästerte er.

„Komm doch du hier rauf, du Drückeberger, Besserwisser. Ich habe so langsam die Schnauze voll. Arme und Nacken schmerzen von dem scheiß Balancieren", meckerte ich ihn wütend an. Bei jedem Angeln musste ich den Oberkörper weit nach vorne beugen. Dies war immer ein Balanceakt zwischen Stehen und Fallen. Und ich wusste zu genau, dass Paul sich dabei hundertprozentig das Genick gebrochen hätte.

Paule pfiff zweimal kurz hintereinander und schon erschienen die beiden anderen.
Auf dem Bauch liegend ließ ich vorsichtig Flasche für Flasche zu den Freunden runtergleiten.

„Das Zeug schmeckt einfach affengeil, ich könnte mich daran totsaufen", lallte Paule, nachdem er einen lauten, bassigen Rülpser von ganz tief unten von sich gegeben hatte, und setzte bereits seine dritte Flasche an die Lippen.

„Ja", bestätigte Rolf und nahm ebenfalls nochmals genüsslich einen kräftigen Schluck aus der Glaspulle.
„Scheiße, du blöder Depp, das Zeug ist ekelhaft klebrig", meckerte er Paule an. Dieser hatte den Zeigefinger in den Flaschenhals gesteckt und diese dann kräftig durchgeschüttelt. Die zischende, weißbraune Fontäne traf Rolf mitten ins Gesicht. Die klebrige Soße lief über sein Gesicht und tropfte auf den Pulli.

Unser Insulinspiegel stieg in unbekannte Höhen und die leidtragende Leber versuchte mit aller Gewalt, den Zucker abzubauen. Dadurch waren wir auf dem Nachhauseweg völlig überdreht.
Klingelpost an einem Hochhaus war angesagt. Rolf drückte alle sechs Knöpfe auf einmal und bevor der elektrische Türöffner schnurrte, waren wir auch schon wieder unter lautem Gelächter in der Dämmerung verschwunden und klingelten bereits am nächsten Haus Sturm.

„Wetten, dass ich aus dem zweiten Stock auf den Sandhaufen da springe", lallte ich angeberisch. Das Gefühl von Unverwundbarkeit hatte sich eingestellt, da war kein Platz mehr für das mögliche Risiko. Ein zweistöckiger, grauer Rohbau reizte mich dermaßen, dass ich, ohne eine Antwort abzuwarten, im Haus verschwand. Ich rannte die Stufen im nach frischem Beton riechenden Treppenhaus bis in die oberste Etage. Und Nullkommanichts stand ich auf dem Balkon, verbeugte mich elegant mit Knicks, wie ein Zirkus-Artist vor seiner großen Show, und schon flog ich wie ein Stein senkrecht, mit den Beinen voraus, Richtung roten Sand.

„Wumm", tönte es kurz dumpf, und ich steckte mit beiden Beinen unverletzt im Sand. Die anderen johlten laut, klatschten Beifall und schon waren wir verschwunden, klingelten am nächsten Haus.

Von einem Colarausch hatten wir bis dahin nichts gehört. Doch in dieser Nacht bekamen wir tiefen Einblick in diese Materie mit anschließendem Übelsein, einem klassischen Kater.

Volltreffer

Jedes Jahr im November fand bei uns in der Stadt auf dem Talschulplatz der langersehnte Martinimarkt statt. Die Martinimärkte haben eine lange Tradition, ihr Ursprung liegt im Mittelalter. Sie wurden in den ländlichen Gebieten genutzt, um sich vor dem Wintereinbruch mit den periodischen Gebrauchsgegenständen wie Schuhe, Wäsche, Werkzeuge und vieles mehr einzudecken.

In meiner Kindheit war es schon mehr und mehr zum Rummel ausgeartet, brachte jedoch Abwechslung in die trübe Jahreszeit. Nicht zuletzt besuchte man den Markt auch wegen der Konversation, die man mit Hinz und Kunz betrieb.

Vom Klassenzimmer aus konnten wir den ganzen Markt gut überblicken. In unserem Unterrichtsraum machten sich die verschiedensten Düfte breit. Der verführerische Lebkuchengeruch und der kräftige, würzige Bratwurstduft ließ uns schon während des Unterrichts das Wasser im Munde zusammenlaufen. Das Ganze steigerte sich noch mit dem Gedanken an die süße Zuckerwatte oder gebrannte Mandeln.

An solch einem Markttag fiel es uns noch schwerer, uns auf den Unterricht zu konzentrieren.

Neben den Gerüchen lockten auch die Markthändler mit ihren Ausrufen. Sie versuchten mit lauter Stimme Käufer an ihre mit einfarbigen Stoffplanen bedeckten Holzstände zu locken. Jeder versuchte den Konkurrenten zu übertönen.

Von der farbigen Schürze, gestrickten Ringelsocken, Hosenträgern, Mützen, Ledergürteln, Messern in jeder Variation, Gewürzen, Tees bis zum einfachen Imbiss wurde alles feilgeboten.

Doch wir Jungs interessierten uns mehr für die Spielzeuge. Plastikschwerter, Plastikpistolen mit Halfter, Wurfpfeile, Dolche. Mit der ganzen Palette eines reichhaltigen Waffenarsenals wurde gelockt.

All dies reizte auch mich. Doch das Taschengeld war sehr begrenzt und so entschied ich mich meistens für Schundhefte, wie sie mein Vater bezeichnete.

Tarzan, Tibor, Akim, Falk, Nik, Prinz Eisenherz und Co. waren die Produkte meiner Begierde.

Wenn ich abends dann im Bett lag und darin schmökerte, dauerte es nicht lange und ich versank in einer dieser Abenteuergeschichten. Ohne Ausnahme nahm ich immer die Heldenrolle ein. Die farbigen Bilder zogen mich unwillkürlich in eine weit entfernte Welt. Dagegen konnte und wollte ich mich nicht wehren. Mal schlüpfte ich in die Tarzanrolle im wilden, gefährlichen afrikanischen Urwald oder ich ritt stolz mit Kettenhemd, Helm, Schild und Schwert bewaffnet auf einem edlen Pferd durch ein nordisches Land.
In meinen Träumen gelang es mir hin und wieder, die Erdverbundenheit zu überwinden und zu fliegen. Dazu musste ich meine Arme auf und ab wie ein Vogel seine Schwingen bewegen. Zuerst sachte und langsam, dann immer schneller und schneller, bis ich schlussendlich unter großer Anstrengung abhob.
Anschließend schwebte ich schwerelos, sanft und leicht wie eine Feder, über dem Bett, dann über dem Haus.

Umgeben von absoluter Stille glitt ich darauf mühelos über die grünen Wiesen und Felder in der Nähe meines Elternhauses. Letztlich stieg ich noch höher, schwebte ruhig und zeitlos über dem dichten, saftig grünen Fichtenwald, der die Wiesen begrenzte.
Dieser fantastische Blick von oben auf die wunderbare, von Stille umgebene Landschaft setzte Glücksgefühle in mir frei, hob mein Dasein in eine andere Dimension. Wenn ich dann am darauffolgenden Morgen aufwachte, trug ich dieses Glücksgefühl den ganzen Tag lang in mir, hütete es wie einen Goldschatz.

Gebeugt und voll konzentriert stand ich in der Pause am offenen Fenster im Klassenzimmer und beobachtete den Wurstverkäufer aufmerksam. Er hatte seinen Stand zum Martinimarkt nicht weit von unserem Unterrichtsraum entfernt aufgebaut. Immer derselbe Ablauf:
Gut gelaunt und singend wendete er mit einer Zange die im Fett garenden und dampfenden Würste. Anschließend kassierte er das Geld und schnitt danach die Brötchen entzwei, in die er die

heißen Köstlichkeiten klemmte und sie mit einer Serviette dem Käufer dann überreichte.

„Zwipp", zischte es kurz.
Der Wurstverkäufer ließ eine knappe Sekunde später mit einem lauten „Auuuuuhhhh, verdammt …" die eingeklemmte Wurst aus der Hand auf den Boden fallen.
Zuerst erschrocken und desorientiert konnte er das Geschehen nicht einordnen, schaute verdattert auf seine Hand. Als sich der Schmerz in seiner ganzen Hand ausbreitete, schimpfte er wie ein Kesselflicker und fuchtelte mit den Armen wie Kasperle. Angespannt und wutentbrannt drehte er sich blitzschnell um, scannte alles mit grimmigem Blick hinter seinem Rücken ab, um den vermeintlichen Übeltäter auszumachen. Doch Fehlanzeige.

Im selben Moment ließ ich mich auf die Knie fallen und beobachtete unentdeckt und selbstzufrieden grinsend vom offenen Fenster im Klassenzimmer aus das Schauspiel.

Das Geschoss, den Metallkrampen, hatte ich mittels eines gespannten Gummis, den ich über

den gespreizten Daumen und Zeigefinger zog, zielgenau rausgedonnert. Und ja, mit seiner Wirkung war ich sehr, um nicht zu sagen super zufrieden. Sicherlich hat es auch richtig geschmerzt, dachte ich kurz, jedoch ohne jegliches Mitleid.
Danach verdünnisierte ich mich aus dem Klassenzimmer mit geschwellter Brust, wie die Helden aus meinen Comic-Heften nach überstandenem Abenteuer.

Nackte Tatsachen

„Meeeiiin Gott, sind die Dinger lecker, ich könnte mich daran totfressen", gab Gerhardt zufrieden von sich und schob schon die nächste zuckersüße Kirsche hastig in seinen Mund. Wir kletterten in etwa vier Meter Höhe auf einem Kirschbaum rum, turnten von Ast zu Ast und steckten eine Kirsche nach der anderen in unseren nimmersatten Schlund.

Je höher wir uns vorkämpften, desto reifer und süßer wurden die schwarzen Kirschen. Das Herz lachte. Der Baum hing proppenvoll mit diesen verlockenden Versuchungen. Und ganz oben, in der obersten Spitze, lockten die größten, von der Sonne verwöhnten Kirschen dicht an dicht.

„Gerdi, wir müssen verdammt aufpassen, der Feldhüter ist auch wieder unterwegs", mahnte ich meinen Freund und schob ebenfalls eine nach der anderen in den Mund. Meine Finger waren inzwischen rot verfärbt und der Kirschsaft tropfte von den Lippen. Gerdis Gesicht, mit dem dunkelroten Saft über und über verschmiert, wäre in jedem Horrorfilm gut angekommen. Aber das störte uns nicht im Geringsten.

Im Leben geht es darum, etwas Sinnvolles zu machen, hatte ich damals öfters von meinen Eltern zu hören bekommen. Doch in dem Augenblick, als wir auf dem Kirschbaum saßen, war es für Gerdi und mich überaus sinnvoll, von diesen leckeren Früchten zu kosten. Und Kirschen von fremden Bäumen zu hamstern, zählte für uns als Steigerung von sinnvoll.

Zur damaligen Zeit wurde von den Gemeinden ein Ordnungshüter, auch Feldhüter betitelt, benannt. Dessen Aufgabe es war, die landwirtschaftlichen Flächen vor potenziellen Dieben zu schützen. Sobald das Obst heranreifte, fuhr der Feldhüter in unserer Gemarkung vermehrt mit seinem Moped, einer NSU Quickly, mit Argusaugen durch die Landschaft. Und wehe, er erwischte einen beim Obstklauen, da war der Teufel los. Jeder hatte vor diesem aggressiv dreinblickenden Mann Bammel. Keiner wollte ihm in die Arme laufen. Viele Horrorgeschichten kursierten darüber, was er mit einem anstellte, wenn man ihm beim Klauen in die Finger fiel.

„Die Äste hier oben sind verdammt dünn", mahnte Gerdi, doch das juckte mich nicht die Bohne.
„He, Gerdi, geh nicht so weit rüber auf die Talseite. Du weißt, der Alte steht jeden Tag mit seinem Fernglas am Fenster und überwacht sein Gelände", versuchte ich ihn davon abzubringen, sich auf der südwestlichen Seite des Kirschbaums aufzuhalten.

Der Besitzer des Grundstücks wohnte ein paar Hundert Meter entfernt, mit direktem Blick von seinem Küchenfenster aus auf diesen wunderbaren Kirschbaum. Das Problem war nicht die Angst, er könnte uns erwischen. Nein, er kannte uns beide und somit auch unsere Eltern. Erwischt hätte er uns nie und nimmer, für ihn waren wir zu schnell.

Doch wenn er uns bei den Eltern verpetzte, dann ... Ich wusste, dass er jeden Tag mit seinem Feldstecher am Fenster saß und sein Eigentum, wie die Stasi die Grenze, überwachte.

„Der soll mich doch am Arsch lecken", gab Gerdi gereizt von sich und kletterte auf die vermeintlich falsche Seite.
„Scheiße, was machst du denn, du Idiot", schrie ich ihn ärgerlich an.
Tränenüberströmt lachte ich laut heraus. Ob ich wollte oder nicht, ich konnte es mir einfach nicht verkneifen. Gerhard hatte den Rückwärtsgang eingelegt, sich also mit dem Rücken zum vermeintlichen Beobachter gedreht und schob sich Stück für Stück auf dem Ast nach außen. So

weit, dass der Baumbesitzer seine Rückseite mit dem Fernglas gut ausmachen konnte.

Mit der einen Hand sicherte er sich am Ast über ihm, mit der anderen öffnete er seine Hose, zog sie langsam runter und streckte den blanken Hintern Richtung Besitzer.

„Siehst du, was der mich kann?"

Ich musste mich krampfhaft mit beiden Armen festhalten, sonst wäre ich vor lauter Lachen runtergefallen.

„Und keine Angst, der sieht ja nur meinen Allerwertesten. Na, und den kann er nicht identifizieren", gab er ebenfalls mit einem lauten Lacher selbstzufrieden von sich und streckte dabei durch das grüne Blätterdach seinen nackten Po Richtung Westen.

„Haste das auch gehört", flüsterte ich plötzlich im leisen, aber ernsten Ton.

„Nein, was soll ich denn gehört haben? Etwa den Alten, dem wir die Kirschen klauen?", frotzelte Gerdi.

„Nein, du Depp, ich habe das Moped vom Feldhüter gehört", erwiderte ich angespannt.

Ich glaube, Gerhard hat nie wieder in seinem Leben die Hose so schnell hochgezogen wie damals auf dem Baum.

Mutprobe

Und dann irgendwann schlich sich langsam und heimlich Stück für Stück die Zeit der Mutproben, sich untereinander messen zu müssen, bei uns Jungs ein.
Stärker, schneller, mutiger war unser Credo. Aus der Masse sich abheben, den anderen übertrumpfen.
Die Ebenen waren so mannigfaltig wie das Leben selbst. Ringkämpe, Boxkämpfe, Balancieren auf einem schmalen Brückengeländer in atemberaubender Höhe. Je gefährlicher, desto besser, möglichst dem Tod ins Auge sehen. Oder einfach nur Wortgefechte liefern.
Das Ziel stand fest: Dem anderen überlegen sein, egal wie.

Wir prahlten mit ausgefallenen Heldentaten, verkündeten stolz unseren vermeintlich ersten Kuss. Wir buhlten um Anerkennung, Vorherrschaft, um Liebe.

In dieser Epoche benahmen wir uns wie Tiere während der Brunftzeit. Unser Ego ließ uns nicht in Ruhe, einer musste den anderen immer irgendwie übertreffen.

„Spinnst du jetzt total, steh endlich auf, sonst biste gleich platt wie 'ne Flunder", kam ein stiller Ruf warnend aus der Dunkelheit. Die hellen Scheinwerfer des näherkommenden Autos zerschnitten die Finsternis und das monotone Motorengeräusch übertönte den Ruf.

Steh endlich auf und lauf weg, warnte mich meine innere Stimme seit einigen Sekunden. Doch ich widerstand meiner Todesangst und blieb noch ein paar Augenblicke liegen.

Wie eine Leiche lag ich auf dem harten, längst abgekühlten Asphalt. Den Kopf Richtung herannahendem Fahrzeug gerichtet, Arme und Beine wie ein Verletzter seitlich, leicht abgewinkelt, mimte ich ein Verkehrsopfer.

Das Adrenalin hatte in diesem Augenblick die Vorherrschaft über meinen ganzen Körper und meine Gedanken übernommen. Und trotzdem fühlte es sich wie ein Ritt direkt in die Hölle, in den Feuerschlund, an.

Heute begleitet mich oft die Einsicht, dass es manchmal gut ist, Dummheiten zu machen, somit kreiert man schöne Erinnerungen. Doch solche Mutproben sind einfach flach und dumm: Aber zu dieser Einsicht gelangt man im Umfeld von jungen, sich messenden und übermütigen Lausbuben nicht. Nur die Zeit der Reife reguliert.

Es war schon spät abends und die Dämmerung drückte langsam, aber sicher die Sonne im Westen unter den Horizont. Wir machten uns zu dritt auf einem alten Kirschbaum oberhalb vom Freibad an leckeren Kirschen zu schaffen. Unser Gusto war allmählich gestillt, doch ein paar so zuckersüße Dinger haben irgendwie immer noch Platz.
Nebenbei prahlten wir wieder einmal von unseren Heldentaten. Und so kam einer von uns auf die abgefahrene Schnapsidee, sich einfach im

Dunkeln auf die in der Nähe vorbeiführende Landstraße zu legen. Der tollste Hecht im Teich würde natürlich derjenige sein, der am längsten bei einem annähernden Fahrzeug auf der Straße liegen blieb. So etwas nannten wir Mutprobe.

Inzwischen schlug mein Herz vor lauter Aufregung dermaßen stark, dass sich mein Körper wie bei einem Erdbeben anfühlte. Jeder der rasend schnellen Schläge durchzog hämmernd den ganzen Körper, bewegte ihn auf und ab. Und meine Sinne waren so angespannt und aufgeputscht, dass sich das Gefühlt einstellte, jede Faser meines Körpers brenne.

Und doch blieb ich noch eine Sekunde lang liegen. Ich wollte, nein, ich musste als Mutigster dastehen. Koste es, was es wolle! Die letzten Millisekunden kamen mir wie eine Ewigkeit vor. Die Scheinwerfer näherten sich unaufhaltsam. Nur noch fünfzig Meter trennten uns voneinander. Plötzlich quietschende Reifen. Das Fahrzeug schlingerte kurz, kam knapp vor mir zum Stehen. Totenstille legte sich für einen kurzen Augenblick wie ein friedvolles Band über die Zeit.

Dann zerriss es mit einem Mal. Jemand stieß hektisch die Autotür auf.

Nervös angespannt und vorsichtig näherte sich langsam eine Gestalt im hellen Scheinwerferlicht. Ein Mann. Er beugte sich vorsichtig über mich.

Von Angesicht zu Angesicht starrten wir verdutzt einander in die Augen.

Das Entsetzen in seinen weit aufgerissenen Lidern übertrug sich augenblicklich auf mich.

Wie von einem Stromstoß getroffen sprang ich in diesem Moment unerwartet auf. Der Mann schnellte mit angstverzerrtem Gesicht und weit aufgerissenem Mund zurück. Sein Herz setzte sicherlich in diesem Moment für ein paar Schläge aus.

Ich nahm meine Füße in die Hände, traute mich nicht mehr, mich umzublicken, und war in Nullkommanichts von der Dunkelheit verschluckt.

„Bist du noch ganz bei Trost, du Vollidiot", hörte ich weit entfernt eine aggressive Stimme in die Nacht hineinschreien.

Doch das interessierte mich in dem Augenblick nicht die Bohne. Mein mit Hormonen vollgepumpter Körper schwebte in einer anderen Sphäre.

„Und…, wer ist nun der Mutigste, wer hat Nerven kalt und klar wie ein Eiswürfel?", prahlte ich überschwänglich. „Ihr seid wohl ein paar Memmen."
Doch in dieser Nacht schlief ich sehr, sehr unruhig. Die Scheinwerfer des Autos tauchten immer wieder vor mir auf und …

Epilog

Kinder haben einen unverstellten Blick auf die Wirklichkeit, eine gewaltige Energie, die sich durch nichts bremsen lässt, und einen grundsätzlichen Respekt vor der Natur. Es ist schade, dass all dies allzu vielen von uns beim Erwachsen- und Zynischwerden abhanden gekommen ist.
Es ist nicht die Zeit, die sich ändert, es sind die Menschen.